Père éperdu

Daniel Gustafsson

Père éperdu

Traduit du suédois par Jean-Baptiste Bardin

Rivages

Retrouvez l'ensemble des parutions
des Éditions Payot & Rivages sur

payot-rivages.fr

Collection dirigée par Myriam Anderson et Delphine Valentin

La citation de la page 205 est extraite de *Remarques mêlées* de Ludwig Wittgenstein (traduction de Gérard Granel, Flammarion, 1984).

Titre original : *Odenplan*, Nirstedt

Published by arrangement with Sebes & Bisseling Literary Agency
Scandinavia and Nordik Literary Agency

En un éclair, il vit sa propre chute.

Ivar Lo-Johansson

L'aurore, enfin, dévoile lentement la pièce. Les objets, les meubles, chaque angle, chaque recoin se détachent graduellement de l'obscurité grise. Il se redresse dans le lit, s'appuie sur son coude et se penche sur le visage de l'enfant, doucement, pour ne pas le réveiller. Le petit garçon est couché contre le mur, tout au fond du lit. Il s'est endormi sur le dos, comme autrefois, et a passé la nuit dans cette position. D'abord intimidé, il a finalement fermé les yeux, sans rechigner ni montrer d'inquiétude. Ils ont pris le livre que le garçon avait ramené dans son cartable, avec ses jouets et ses vêtements, puis il a éteint la lampe et repris l'histoire des lapins du parc Vasa, là où il l'avait laissée six mois plus tôt, en repartant de la dernière phrase, comme s'il n'y avait pas eu d'interruption. Une fois seulement, il a sauté un long passage sans rien dire et continué naturellement l'histoire. Le garçon a ri en reconnaissant les aventures du lapin, puis il s'est tu, laissant sa respiration envahir les ténèbres.

La chambre donne sur une cour sombre et étroite, un puits de lumière où le soleil ne perce jamais, même en plein jour. Dehors, une pluie d'automne fouette les grilles de ventilation, violemment, assidûment, couvrant les bruits diffus de la circulation, comme si la clameur, la vie même, se trouvait dans une bulle, hors du temps.

L'enfant respire en un flux régulier, on devine entre ses lèvres un mélange de dents de lait et de dents d'adulte. Dans le demi-jour, la bouche paraît sombre, comme le reste du visage. Il écarte une mèche tombée sur le sourcil du garçon, qui pousse un soupir et referme la bouche, puis il pose sa main rugueuse sur le front doux et pâle. Une cicatrice brille sur son auriculaire, juste un trait blanc, un lambeau de tissu, une légère balafre, à peine visible à l'œil nu. Elle est là, pourtant, comme une marque indélébile, comme la greffe d'un corps étranger. Il sait ce que cache cette cicatrice : une blessure qui essaye de s'extraire. Le morceau de peau n'est plus qu'une membrane fragile. Il sent qu'à tout moment, la plaie peut se rouvrir de part en part et laisser s'échapper des entrailles, noires et luisantes.

Elle s'était ouverte juste en dessous de l'articulation des phalanges, dans la lumière vaporeuse du printemps. Environ un centimètre de long sur quelques millimètres de large. Elle avait la forme – peut-être ne l'avait-il pensé que plus tard – d'une bouche ouverte, à la verticale, ou d'un œil. Le bras en l'air, il avait regardé le sang couler lentement le long de son poignet et elle, elle l'avait fixé, assise sur le canapé, en tenant dans ses bras l'enfant qui pleurait. Un sentiment de clarté l'avait saisi, une eau limpide qui coulait de ses yeux et aiguisait son regard. Chaque arête de la pièce était une entaille dans sa chair.

Il s'était cogné fort contre la table mais cela n'avait pas fait mal. Le coup était parti tout seul. Sous sa peau, une puissance invisible avait pris possession de ses muscles qui s'étaient convulsivement bandés. Était-ce la faute de l'enfant qui hurlait, se tortillait, courait autour de la table du salon ? Était-ce la tasse de café renversée qui l'avait enfermé dans sa colère ? Le poing, en tout cas, avait manqué la table et frappé le rebord. Il n'avait pu lutter contre la gravité de son propre bras, contre son poids, son énergie et, plus tard, il s'était convaincu que cette force ne venait ni de lui-même ni de la pièce, mais de quelque chose de plus lointain. Au moment où la main avait touché la table, l'enfant s'était figé avant de se précipiter sans rien dire dans les bras de sa mère. Et il avait vu, avec une acuité implacable, que c'était lui qu'il fuyait, par peur de sa main, par peur qu'elle ne frappe autre chose que la surface du bois. Il avait vu et il avait détourné le regard du canapé, de l'enfant sanglotant dans les bras de sa mère dont les yeux rouges le fixaient sans le voir, lui et sa main, et dont la bouche murmurait : *ça y est, ça commence*. Mais, bien sûr, cela avait commencé depuis longtemps et présageait déjà la suite.

Il retire sa main mais reste allongé, le corps tourné vers l'enfant endormi. Après quatre mois de courriels acharnés et blessants, elle avait finalement appelé. La voix tremblante d'une violence contenue, elle avait dit que l'enfant voulait le voir et beaucoup d'autres choses encore, et lui, sur la réserve, avait répondu par monosyllabes. Sa propre voix lui avait paru étrangère, fragile. Sa voix à elle était comme un fil qui l'attachait à la pièce. Elle voulait juste dire qu'elle avait besoin de lui, qu'elle ne s'en sortait pas toute seule, qu'elle devait souffler un peu, et puis que l'enfant aussi avait besoin de lui, et qu'il devait prendre ses responsabilités, arrêter de se cacher, de *faire l'autruche*. C'étaient ses mots. Mais surtout, elle avait dit que l'enfant *avait besoin de lui* et qu'elle lui faisait confiance, qu'il était *parti se planquer* mais qu'il ne pouvait pas s'échapper. Il l'avait écoutée en approuvant, sans prendre la peine d'expliquer que c'était plus une *errance* qu'un *départ*, sans dire grand-chose d'ailleurs, le téléphone à la main, les yeux fermés. Il n'avait jamais rien ressenti d'aussi dur, d'aussi rugueux que cette confiance, que cette idée que l'enfant avait besoin de *lui*.

Tandis qu'ils parlaient, une pie tournoyait sur les toits de la ville, comme une ombre noir et blanc dans le ciel nuageux. Un sentiment vague et fugace l'avait pénétré. Un début d'émotion.

Ils s'étaient mis d'accord sur les détails. Elle laisserait l'enfant dimanche après-midi, il passerait la semaine avec lui, et le week-end ils verraient comment cela s'était passé. Entre-temps, elle prendrait régulièrement des nouvelles par SMS. Pas d'appel. Elle serait partie quelques jours, elle ne disait pas où. Il avait raccroché avec un mélange de soulagement et d'appréhension. Puis il était resté longtemps devant la table de la cuisine, le téléphone à la main. En fond d'écran, son fils le regardait, le visage grave. Vertige, légèreté, pesanteur.

Dans l'obscurité, il se penche à nouveau sur le visage de l'enfant. Les nuances de gris, encore floues, sont de plus en plus claires. Il tend l'index vers la joue de son fils et la caresse jusqu'à la bouche, doucement, pour ne pas le réveiller. Depuis le début, son instinct le conduit vers le même point, vers cette tache presque invisible qui brille d'un éclat aveuglant quand elle apparaît, sur la lèvre supérieure.

Le mouvement est délicat mais l'enfant se réveille malgré tout, sans un geste, juste un frémissement, un éclair sur son visage qui dessille ses paupières et le fait regarder droit devant lui. Il retire son doigt. L'enfant n'a pas l'air perdu, il voit même très bien où il est. Il se frotte les yeux, se redresse et regarde tout autour, alerte. Il a quitté son corps ensommeillé et plongé directement dans la lumière du jour.

« C'est grand ici ! Beaucoup plus grand qu'à la maison. »

Il ne répond pas tout de suite, il jette un coup d'œil à la pièce. Elle est presque vide, meublée seulement du lit dans lequel ils se trouvent, d'un vieux bureau, d'une chaise près de la fenêtre et d'une deuxième qui fait office de table de nuit.

« Oui, je sais. En fait c'est beaucoup trop grand. En tout cas pour nous deux, dit-il en esquissant un sourire.

– Tu ne vas pas acheter de meubles ?

– Si, il va bien falloir. Et puis j'ai encore des choses à moi à la maison… Je veux dire chez maman. »

Il sent ce que les deux expressions ont d'antagoniste *à la maison* et *chez maman*. La phrase est abrupte, étrange, elle lui heurte les lèvres.

Il regarde à nouveau la pièce. Les fenêtres sont obstruées par de maigres stores tordus, le papier peint des années 1990 est taché et déchiré, une ampoule de chantier pend au bout d'un fil, on devine le sol sous le lino troué.

Il a obtenu ce logement par la commune. C'est un bail de courte durée, un appartement de rez-de-chaussée, au fond d'un immeuble, qui s'ouvre directement sur la cage d'escalier, comme une grotte ou un passage souterrain. Deux pièces et une cuisine, aux fenêtres donnant sur deux cours sombres. Celle de la chambre est si étroite qu'il faut sortir la tête pour voir le ciel ou s'appuyer à la vitre et regarder en l'air. C'est ce qu'il avait fait le jour de la visite, au début de l'été, parmi les dizaines de visiteurs aux silhouettes rampantes qui s'agitaient dans la pièce tandis que l'agent attendait en bâillant sur le pas de la porte. Même s'il n'y avait pas grand-chose à voir, il était resté jusqu'à la fin de la visite, inspectant chaque robinet, chaque porte de placard, pour montrer son intérêt, au cas où cela favoriserait son dossier. Les autres candidats chipotaient, ils se plaignaient que le loyer était trop cher, les conditions de préavis trop hasardeuses. Et il s'était retrouvé seul en lice, assez désespéré pour accepter cet appartement après vingt ans sur la liste d'attente de la commune. C'était tôt le matin, un moment perdu hors du temps. Il y avait quelques mois, en réalité. Le ciel d'été était assombri par de gros nuages de pluie qui renforçaient l'aspect sinistre de l'appartement. C'est peut-être mieux ainsi, avait-il pensé. De le voir sans fard, à nu.

« Est-ce que je vais être ici souvent ? » demande l'enfant.

Il ne porte pas de jugement, il veut seulement démêler la question.

« On verra. Tu as ton mot à dire, toi aussi. Mais dans ce cas, il faudra ramener quelques affaires de chez maman.

– OK », dit-il.

Ou est-ce un simple haussement d'épaules ? Il lui passe par-dessus pour sortir du lit, se dirige droit vers la chaise du bureau où sont empilés ses vêtements et retire à la hâte son pyjama. Dans la lumière du matin, crue et désolée, il semble plus mince que jamais. Il a grandi pendant ces quelques mois, sa silhouette s'est allongée. C'est peut-être une illusion, l'éclairage, le décor. Ses traits sont plus pointus, ses côtes saillantes. Et dans la fraîcheur du matin d'automne, on distingue la chair de poule sur ses jambes et sur ses bras.

Il enfile son pull et son jean, s'assoit sur le bord de la chaise et se débat un instant avec une paire de chaussettes roulées en boule sur la pile de vêtements. Une fois habillé, il met sa casquette qu'il a laissée sur le bureau au milieu des vieux journaux, se tourne vers le lit et dit :

« Je suis prêt ! Y a quoi pour le petit déjeuner ? »

Et lui reste assis au bord du lit. Ce n'est pas qu'il hésite mais il aimerait figer cet instant : l'enfant sur la chaise, son mouvement décidé qui ne prend rien du passé et ne laisse pas de traces derrière lui.

« Comme d'habitude : du muesli et des tartines. Ça te va ?

– Y a pas de chocolat chaud ?

– J'ai oublié d'en acheter. »

L'enfant acquiesce. À chacune de ses paroles, à chacun de ses gestes s'oppose une force contraire, comme s'il se déplaçait sous l'eau. Rien ne ressemble plus au monde qu'il connaissait autrefois et qu'il connaît encore un peu.

Elle était arrivée la veille avec l'enfant, en fin d'après-midi, et ils avaient procédé à l'échange dans le couloir étroit et sombre. Elle n'avait même pas voulu entrer. L'enfant l'a embrassée, sans conviction. Puis il a posé son sac à dos sur le sol poussiéreux de l'entrée, défait ses lacets et rangé ses chaussures sur l'étagère, à côté des bottines de son père. Elle a attendu qu'il ait fini, puis s'est baissée et a pris son fils dans ses bras, sur le pas de la porte, longtemps, si longtemps que l'enfant a dû briser cette étreinte. Elle a marmonné un *au revoir* engourdi et pâteux, s'est retournée et a fermé la porte. L'instant d'après, elle n'était plus là. L'enfant a fixé la porte quelques secondes encore, avant de se retourner vers l'appartement sombre dont il a examiné chaque pièce, avec un mélange d'intérêt et de scepticisme, tandis qu'il restait quelques pas en arrière. La visite terminée, l'enfant s'est assis à la table de la cuisine.

« Il fait noir ici, a simplement dit le garçon, en tripotant un stylo qui traînait à côté d'une vieille grille de mots croisés à moitié remplie.

– Je sais, a-t-il répondu, appuyé au chambranle de la porte. Mais il y a ça. »

Et sans quitter sa position, il a appuyé sur l'interrupteur de la lampe de la cuisine, une lampe en plastique des années 1960, achetée dans une brocante et ramenée de son ancien appartement. Un rond de lumière est tombé sur les miettes de la table, éclairant le profil du garçon.

« J'aime bien cette lampe, a dit l'enfant.

– Moi aussi. »

La soirée a passé lentement, ponctuée d'échanges embarrassés. Chaque regard timide du garçon, chacune de ses réponses, brève et fuyante, lui empoignait le cœur comme une petite main osseuse et suspendait ses battements. Pour le dîner, il a juste ouvert une boîte de soupe de petits pois, il savait que le garçon aimait ça. Lui-même n'y a qu'à peine touché. Puis ils se sont assis ensemble sur le lit et le garçon a joué sur une tablette à un jeu au graphisme grossier et aux horribles mouvements en trois dimensions, jusqu'à ce que sa vue se brouille. Il a joué longtemps, lui expliquant le monde parallèle sur l'écran, un univers multicolore auquel lui seul avait accès et qui faisait briller ses yeux. Et cette lumière était la seule chose qui comptait. Au bout d'une demi-heure environ, quand il a enfin osé s'approcher, il a senti la chaleur de la petite épaule contre son bras. L'enfant s'est figé puis écarté de quelques centimètres sur le bord du lit, avant de se détendre à nouveau et de retourner à son jeu et à son monologue énigmatique sur les fonctions des quatre éléments. Lui, il opinait en silence et ses pensées se sont envolées vers une étendue d'eau, étale et infinie, sans forme ni couleur, comme un miroir tendu au firmament. L'intimité était une barrière infranchissable.

Il repense à cette nuit du printemps dernier, après le coucher de l'enfant. La seule fois où ils avaient eu une discussion sérieuse. Il avait ressenti un calme trompeur. Tout était encore sous contrôle ce soir où il avait frappé la table de toute sa force refoulée, quand sa blessure s'était ouverte et avait formé cette cicatrice à la jonction des phalanges. Pourtant, malgré ce calme, ou plutôt à cause de lui, il était certain alors que ce n'était qu'un moment d'égarement sans importance qu'on oublierait facilement. La conversation s'était tarie. Elle comprenait tout ce qu'il disait, le sens des mots et ce qu'ils cachaient, il s'en était rendu compte par la suite. Ils n'avaient pas avancé, seulement tourné en rond, ressassant les mêmes sujets, s'en tenant aux questions pratiques et anodines, jusqu'à ce que leurs voix, déjà basses pour ne pas réveiller l'enfant, se fussent entièrement dissoutes dans le silence, laissant place au murmure du soir, au bruit sourd du lave-vaisselle, aux pas dans l'appartement du dessus, aux bus qui passaient dans la rue... À la fin, elle avait poussé un long soupir et regardé par la fenêtre, peut-être la mouette qui planait entre les toits dans le ciel bleu foncé, comme suspendue à un fil invisible, presque immobile. Elle était restée ainsi un moment, avant de partir se coucher en laissant sur la table son verre de vin auquel elle n'avait pas touché. Il était resté sur sa chaise, buvant le sien à petites gorgées. Il l'entendait dans la salle de bains se préparer pour aller dormir.

Le faible chant d'un merle dans la cour lui parvenait par la fenêtre entrouverte de la chambre. Il l'imaginait, sautant du buisson à la clôture avec son plumage terne, son bec, son œil en tête d'épingle. Ce chant lui inspirait un sentiment de vide et de plénitude. Il essayait parfois d'imiter la beauté indéfinissable des trilles d'oiseau par des sifflements maladroits mais n'obtenait jamais de réponse. Et puis il y avait la vue du merle lui-même, les mouvements saccadés de sa tête, ses sauts silencieux sur l'herbe grasse, ses yeux vides, ce dieu au fond de lui qui semblait émettre cette mélodie. Cet oiseau le bouleversait, il épuisait ses forces en le fixant de son œil vide et insouciant, comme s'il ignorait ce qu'il faisait. Sa mélodie cristalline aurait suffi à suspendre la tombée de la nuit.

Elle avait fermé la porte de la chambre et le chant s'était arrêté. Il était resté assis un instant puis avait arpenté fiévreusement l'appartement, ramassant les affaires que l'enfant avait éparpillées durant la journée. En rangeant la vaisselle, il avait renversé le verre de vin sur la table blanche. Le liquide rouge s'était répandu jusqu'au bord, puis sur le sol. Il s'était accroupi, contemplant les gouttes qui tombaient, la flaque sur le plancher de la cuisine, sans se résigner à l'essuyer. Le spectacle était à la fois beau et terrifiant : un récipient trop plein, un verre qui se vidait de son contenu, et ce contenu qui, en disparaissant, se métamorphosait.

Dans ce débordement rouge, il y avait déjà quelque chose de lui. Et quelques semaines plus tard, la pièce rouge, le crépuscule brûlant sur les fenêtres de l'immeuble d'en face, chaque détail de la chambre, le lit défait, la table de nuit, les étagères, les livres aux tranches silencieuses se découperaient dans la lumière surnaturelle en contours tranchants. Tout ce qui avait pu arriver avant cet instant n'avait plus aucun intérêt. Car tout était déjà en lui. Au bout du compte, tout avait surgi du fond de lui pour se propager vers l'extérieur, comme un éventail métallique déplié d'un coup de poignet : son regard tranchant la pièce en fines bandes scintillantes, la force vertigineuse qui s'était emparée de son bras, le mouvement de balancier, qui avait porté sa main vers la bouche de l'enfant. Rien ne pâlirait, rien ne s'effacerait. Il ne resterait, après coup, que des taches et des regards. Les pleurs de l'enfant. Les sanglots de la mère.

« Va-t'en, s'il te plaît.

– D'accord.

– Il vaut mieux que tu partes.

– Je peux t'appeler plus tard ? »

Elle n'avait pas répondu, serrant l'enfant dans ses bras, fermant les yeux dans un gémissement sourd. Ensuite, il n'y eut plus un mot. Il mit ses chaussures, attrapa sa veste et sortit sur le palier sombre.

Dehors, la scène de la chambre s'était de nouveau imposée à lui, le submergeant comme une vague glacée et inévitable à laquelle il s'abandonna. Il laissa la vague se fracasser sur lui et revit distinctement les yeux de l'enfant, la seconde d'après, la bouche grande ouverte, le sang sur ses lèvres, le regard fixe et poignant, cet air surpris qui bouleversait tout autour de lui, déchirait la pièce en lambeaux. Le décor de théâtre était tombé d'un coup sec. L'instant suivant, il était immobile dans l'escalier, la tête dans les épaules, le cœur battant, une boule dans la gorge. Plus tard, il pleurerait devant son ordinateur, chez le conseiller, chez le médecin, de la seule façon possible, sans larmes.

L'enfant avale une grande cuillerée de yaourt. Un morceau de muesli est resté sur sa lèvre supérieure ou peut-être un flocon d'avoine qu'il essuie de son index et remet dans sa bouche. Il ne peut s'empêcher d'observer cette petite bouche. Son regard s'y pose et glisse vers les yeux bleu foncé qui se lèvent parfois vers lui à travers la mèche. Rien ne transparaît à la jointure de la peau du visage et du rouge des lèvres, pas de rayure blanche, pas de cicatrice, rien de concret.

Il boit son café et mange ses tartines de confiture. Voilà à quoi se réduit son petit déjeuner depuis cet été. Après le coup de téléphone de la veille, il a couru faire des courses au supermarché pour le garçon. Dans le rayon, face aux innombrables sortes de mueslis, il s'est senti submergé par le passé : la fatigue des matinées pendant son congé parental, le stress des fins d'après-midi où il fallait passer à la crèche et faire à la va-vite des courses pour la soirée ou le lendemain.

Il attrape sur la table le journal *Metro*, parcourt les gros titres et, changeant aussitôt d'avis, le repose sur la table sale et nue. Comme l'enfant jette un œil curieux sur la première page, à l'envers pour lui, il retourne le journal pour le lui tendre. Le garçon s'efforce de déchiffrer les grandes lettres noires.

« Ils ont fait la moitié du nouveau métro, dit-il après un moment en relevant la tête. On pourra y aller quand ce sera fini ? Hein, papa ? »

Les mots le pénètrent, coulent au fond de lui.

« Bien sûr qu'on pourra prendre le nouveau métro ! »

Son ton, un peu trop exalté, illumine d'un sourire le visage sérieux de l'enfant.

« Tu auras… attends voir… dix ans ! »

L'enfant le regarde en fronçant les sourcils. Il refait lui-même le compte.

« Dans trois ans, alors ?

– C'est ça, dans trois ans. »

Trois ans. Le temps passera et ce moment arrivera. Comme les autres saisons étaient passées et comme elles passeraient toujours. Sauf l'été dernier, qui s'était plutôt faufilé, avec difficulté, en titubant. Cela devait être une exception, il ne pouvait en être autrement.

Après le petit déjeuner, ils n'ont pas le temps de faire la vaisselle. Il pose les deux tasses dans l'évier, où se trouve déjà la quasi-totalité des assiettes et des bols qu'il possède, en une pile chancelante, mélangés aux restes de repas séchés, aux couverts et aux verres à vin pleins de traces. Le peu qu'il avait ramené ne suffisait pas et il avait dû passer au grand magasin d'Odenplan. Les premières fois, ces ustensiles lui avaient semblé étrangers, de même qu'hier soir et ce matin. Le garçon et lui avaient mangé dans cette nouvelle vaisselle et il avait eu le sentiment très net de se trouver dans la vie d'une autre personne, utilisant des objets auxquels ses mains n'étaient pas habituées. Cela n'avait pas perturbé l'enfant. Il avait même fait un commentaire sur les verres, disant qu'il les trouvait jolis. C'est vrai qu'ils avaient l'air neufs, pas encore rayés par le lave-vaisselle, des verres Duralex, comme ceux qu'il utilisait enfant, mais épargnés par le temps.

Il regarde l'heure. Si ça continue, ils vont être en retard. Il presse l'enfant, l'air le plus détaché possible. *Brosse-toi les dents, mets ta veste et tes chaussures. Tiens, ton bonnet ! N'oublie pas tes gants.* Sa voix est douce. Le garçon s'exécute en silence. Sa réticence d'avant l'été a pris une nouvelle forme, une sorte de mutisme, de fermeture, de noirceur dans le regard. On lit sur son visage la résistance de tout son corps. Il enfile un manteau pardessus sa chemise, c'est trop léger pour la saison mais c'est le seul qu'il a pris dans le déménagement.

Ils sortent de l'appartement. Le bruit d'un trousseau de clés résonne dans la cage d'escalier. Instinctivement, il se dépêche de fermer à clé pour ne pas croiser ses voisins, mais ses gestes sont maladroits et il entend les pas de plus en plus nettement. Avec un peu de chance, ils sont plusieurs étages au-dessus. L'enfant a déjà descendu les quelques marches qui vont du couloir à l'entrée de l'immeuble. La porte s'ouvre et il perçoit la rumeur de la rue : les voitures, les conversations.

« Alors, t'arrives ? » crie la petite voix qui semble venir de loin.

Les bruits de pas se rapprochent. Il court, dévale les quelques marches. L'enfant tient la vieille porte ouverte, on voit dans l'embrasure la colline de la rue Tegnérsgatan. La lumière du début d'automne, blanche et sans reliefs, se déverse dans l'immeuble. Il sent grandir en lui une reconnaissance, un indicible soulagement que le monde les accepte sans protester.

Dehors, une ombre passe sur la rue, comme un immense oiseau aux ailes déployées. En prenant la main froide de son fils, il sent un tressaillement, presque imperceptible, comme si l'enfant avait voulu garder sa main pour lui mais s'était finalement résigné et laissé attraper. Il se penche sur le petit visage mais le garçon regarde droit devant lui. Leurs yeux ne se croisent pas.

Les feuilles d'automne virevoltent le long du trottoir, comme aspirées par une colonne d'air, et vont se tapir un peu plus loin. Dans le parc de Tegnérlunden, on aperçoit la masse bleu-noir de la statue d'August Strindberg sur son rocher, brillant au milieu des arbres nus. Le gigantesque corps est replié sur lui-même, la tête tombante. Malgré ses muscles ciselés et sa taille disproportionnée, cette statue lui fait toujours penser à un petit garçon qui hésiterait à tremper son pied dans l'eau froide. Sur la colline, le trafic est dense. Un peu plus haut, un vieil homme en déambulateur s'apprête à traverser quand un camion déboule d'une rue adjacente sur le tronçon qui longe le parc. Le camion roule vite mais le vieil homme, qui s'engage sur les bandes blanches, ne perçoit pas l'imminence du danger. Le chauffeur pense sans doute qu'il vaut mieux accélérer que freiner (puisque le vieux avance si doucement qu'il n'aura de toute façon pas le temps de passer), et ce choix discutable s'avère payant : le camion, rouillé et fatigué, passe en trombe dans un nuage de gaz d'échappement, à quelques mètres à peine du vieillard et de son déambulateur. L'homme sursaute, lève les yeux de ses pieds qui mobilisaient toute son attention, jette son regard dans le lointain sans voir l'ombre lourde du camion qui l'a raté d'un cheveu, et continue sa route vers l'avenue Sveavägen. Une brise descend de la colline et agite ses fins cheveux blancs. Là-haut dans le parc, les cimes des arbres se balancent d'avant en arrière, les fenêtres offrent à la rue leur silence et leur obscurité. Seules quelques-unes sont éclairées par un plafonnier ou un néon, légers points lumineux sur les façades massives, plus tristes que rassurants. Le vieil homme à la veste usée secoue lentement la tête, fixe à nouveau ses pieds et reprend sa marche pesante vers le trottoir d'en face.

« Tu as vu ce camion ? dit-il à l'enfant. Quel abruti ! »

Le garçon ne répond pas. Comme le vieillard, il semble plus concentré sur ses pieds que sur son environnement. C'est à ce moment-là qu'il réalise qu'il a oublié les gants de son fils. Mais il est déjà trop tard et il n'a pas le temps de faire demi-tour pour aller les chercher. Il serre la main du garçon un peu plus fort et sent la chaleur qui irradie de sa paume.

À l'angle, ils passent devant une boutique qu'ils reconnaissent tous les deux, un chocolatier où ils se sont arrêtés quelques fois au détour d'une course en ville, pour voir les changements dans la vitrine. Les boîtes de chocolats aux rubans dorés brillent à travers la vitre. Un flot de lumière chaud et vibrant se déverse sur la rue, la lumière d'une autre saison, d'une autre vie. Le garçon ne regarde pas, ses yeux fixent le sol, ses pas sont décidés. Le bout de ses doigts dépasse de la main paternelle. Il les imagine déjà devenir blancs, puis rouges, il pressent leur souffrance quand ils tiendront les chaînes glaciales de la balançoire ou le métal nu de la cage à poule. Ça le prend comme une vague, le grain épais de la terre battue, de l'asphalte mouillé et des branches rugueuses contre le dos de sa main. À côté de lui, le garçon pensif s'efforce de marcher régulièrement. Il ne dit rien, il lance parfois un coup d'œil vers le haut de la rue.

Là-haut, les arbres qui entourent le vieil observatoire ne luttent plus contre le froid. Les feuilles sont brûlées, quand elles ne pourrissent pas sur les trottoirs et les passages piétons, en bas de la colline. Ils dépassent le kiosque, puis l'ancien urinoir, où un chauffeur de taxi fait sa pause. Cette pissotière est un vestige d'un autre temps. La peinture laquée verte, les murs cylindriques et le petit chapeau en tôle rappellent par leur odeur l'époque où le quartier grouillait d'ouvriers, d'employés de bureau, de chevaux et d'enfants, quand ce n'était encore qu'un monceau de boue et d'immondices. Sur le toit, une grenouille en plastique les fixe en écarquillant les yeux et semble éclater de rire. Le regard du garçon croise celui de la grenouille et un vague sourire se dessine sur son visage, comme un coup de crayon.

Alors l'enfant, de sa main fragile, glacée, presque blanche, montre une souris morte sur le trottoir.

Lui-même regarde à contrecœur cette petite chose gelée, en position fœtale, sur un lit de feuilles humides, les pattes repliées contre la peau grise, le cou cassé, le museau frôlant la poitrine. Et devant ces petits yeux fermés, il se retient de se baisser pour toucher le pelage terne et soyeux. Ce n'est plus cette surface souple, légère et chaude, protégeant les entrailles de la souris du reste du monde, ou plutôt les intégrant tout en les tenant à distance. Ce n'est qu'une peau froide et lisse, renfermant la courte existence d'un animal, irréversiblement interrompue.

Le garçon, bouche bée, montre la souris du doigt mais n'a pas le temps de dire quoi que ce soit car son père l'attrape par le bras et l'emmène un peu plus loin, rapidement, brusquement, beaucoup trop brusquement. Il croit sentir la petite queue de l'animal sous le talon de sa chaussure mais c'est sans doute la tige d'une feuille d'érable qui n'a pas encore été balayée. L'impression, en tout cas, renforce son malaise : son propre poids aplatissant une partie du corps sans vie.

« Tais-toi ! dit-il à l'enfant d'une voix brisée.

– Mais… pourquoi ?

– Parce que. »

Il reprend son souffle, tâche de paraître calme.

« Oublie cette souris, c'est tout. »

Le garçon le regarde de ces grands yeux qui semblent scruter l'univers et le diviser en éléments distincts. Mais il ne pose aucune question, il jette son regard dans le lointain, vers Odenplan et son trafic matinal.

Plus loin, les étudiants attendent déjà l'ouverture de la bibliothèque municipale, aux longs murs de briques cramoisies. Ils veulent avoir les meilleures places quand les portes ouvriront, à huit heures. Plus jeune, il attendait lui aussi sur ces marches, grelottant dans le vent qui balaye toujours cette partie de la rue Norrtullsgatan. De cette bibliothèque, il aimait surtout les galeries et les longues rangées de livres aux couvertures démodées et poussiéreuses : travaux académiques, encyclopédies, ouvrages sur tout et n'importe quoi, posés là comme ces éditions bon marché qu'on alignait autrefois dans les appartements témoins qui ressemblaient à des chambres d'hôpital. Lorsqu'il en avait assez de ses livres de cours, il choisissait un volume au hasard et feuilletait quelques pages en se laissant emporter par l'odeur et la texture du papier. Mais ce voyage sensoriel le rendait aussi vaguement triste en pensant à l'effort qu'il avait fallu pour écrire ces ouvrages désormais oubliés, à toutes les heures, les jours et les mois que quelqu'un avait passés derrière un pupitre branlant d'une salle pleine de courants d'air de l'université d'Uppsala ou à ces écrits interminables sur « les avancées de la recherche en linguistique gothique ».

L'enfant a dû remarquer son absence. Il lève les yeux vers lui et demande d'un air sérieux :

« À quoi tu penses ? »

Il pose la question d'une voix hésitante, comme pour s'assurer qu'elle ne l'énervera pas et qu'il y répondra.

« À rien. En fait, je pensais que j'avais été dans ce bâtiment, il y a longtemps.

– Avant ma naissance ? demande l'enfant, qui ne mesure le monde et l'histoire qu'à l'aune de cet événement.

– Oui, avant ta naissance.

– C'était au vingtième siècle, alors ?

– Oui, c'était au vingtième siècle. »

Le ton de ses propres mots lui semble sentencieux. En se raccrochant à un siècle révolu, il est aspiré par un tourbillon, éloigné de l'époque de l'enfant, comme une branche à la dérive, coincée au milieu des roseaux.

Dans la rue suivante, le café lui rappelle la présence du monde extérieur dans ce quartier, sur ce bout de trottoir. Ces murs de briques dépouillés, ces lampes industrielles, ce café soigneusement torréfié, cette ambiance à la fois professionnelle et décontractée pourraient appartenir aussi bien à Berlin qu'à Barcelone, Moscou ou Londres, tous ces lieux où le monde grandit et rétrécit en même temps. Il y est entré quelques fois, lui aussi, après avoir déposé l'enfant à l'école, et en est toujours ressorti avec une tasse de ce café légèrement acide et qu'il n'aimait pas, en prétextant aller fumer une cigarette sur un banc pour pouvoir prendre un peu l'air, épuisé par l'envie, par la convoitise de ces minuscules artefacts : le café parfaitement dosé, les croissants cuits à point, les desserts glacés, les pâtisseries irréprochables, tout ce qui aurait pu donner un sens à la vie. Cela fait des mois qu'il n'est pas retourné dans ce café.

« Tu connaissais déjà maman ? »

L'enfant persiste dans son interrogatoire.

« Pourquoi tu demandes ça ? répond-il un peu vite, trop vite peut-être et d'un ton qui, une fois encore, lui semble sec, rugueux, comme un grain de sable dans une mécanique invisible.

– Juste pour savoir, dit l'enfant à voix basse. Tu la connaissais déjà ?

– Oui. On habitait ensemble, pas très loin. C'était pratique de venir étudier ici. Ce bâtiment que tu vois – il s'arrête pour lui montrer, un peu plus haut, la longue façade rouge –, c'est la bibliothèque des étudiants. Elle venait juste d'ouvrir, à l'époque.

– Tu veux dire que vous avez toujours habité ici ? »

Il rit en voyant le grand visage se tourner vers lui. Il y lit la fascination innocente de l'enfant qui découvre que ses parents ont eu une vie avant sa naissance. Lui-même se souvient très bien de ce sentiment, de ce puzzle qu'il fallait reconstituer à partir de fragments de récit sur le temps d'avant le *moi*, d'avant la rupture de la poche des eaux, de la division cellulaire, du têtard, sur ce néant insaisissable, à la fois excitant et terrifiant.

« Oui et non. Pas toujours. Mais ça fait longtemps que nous sommes dans le quartier. Toi, par contre, tu y as toujours vécu.

– Moi ?

– Oui, mais dans différentes rues.

– Comme ta nouvelle maison, par exemple.

– Exactement. Mais ce n'est pas pour toujours, tu as compris ? J'espère trouver bientôt quelque chose de permanent.

– Qu'est-ce que c'est *permanent* ?

– C'est… pour de vrai, pour longtemps, un endroit où on habite vraiment.

– Mais là où tu habites, ce n'est pas pour de vrai ?

– Si mais ce n'est pas pour toujours. Peut-être jusqu'à l'été.

– Ah, d'accord. »

L'enfant coupe court à la conversation et reprend la main qu'il avait lâchée. Ils continuent, passent sans rien dire devant une pharmacie, une librairie… Le silence n'est pas pénible, il est léger, comme une promesse, un fil mince et fragile qui s'enroule autour de leurs deux mains.

Ils arrivent à Odenplan. De l'autre côté du passage piéton, un groupe compact attend patiemment son tour pour traverser. L'enfant fixe le bonhomme rouge aux bras ballants sur le poteau. À la seconde où le torrent de voitures, de bus et de cyclistes s'arrête, une partie de la foule s'engage sur les lignes blanches, avant même que le signal ne passe au vert.

Il sent dans sa main l'enfant qui amorce un mouvement. Il se penche pour lui dire doucement :

« On attend que le bonhomme soit vert. »

L'enfant approuve, le visage grave, et lorsque la silhouette énergique du petit homme apparaît, accompagnée par le rythme encourageant du tic-tac, ils s'engagent tous deux, croisant le flot qui traverse dans le sens opposé. L'enfant marche vite, comme si cette traversée avait instinctivement aiguisé sa peur, et il lui faut presser le pas pour le suivre. Ils atteignent l'est de la place Odenplan, la partie la plus étroite, la seule qui ne soit pas en travaux. Depuis des années, le reste de cet immense triangle est entouré de palissades bleues derrière lesquelles on construit une nouvelle gare pour les trains de banlieue. On creuse très profond, des tunnels, des cavités, on fait exploser la terre sous leurs pieds, sous l'actuelle station de métro.

Ces derniers temps, le tonnerre des explosions souterraines a fait trembler toutes les rues et les immeubles du quartier. Un jour qu'il ramenait son fils de la crèche, il avait senti la détonation sous la poussette, juste en dessous, et bien qu'elle ait été très profonde, le sol avait vibré violemment, furieusement, comme prêt à se fendre. Il avait sursauté, surpris par sa propre réaction. Il n'aurait pas su dire ce qui l'avait à ce point terrifié : ce n'était pas l'explosion elle-même mais plutôt l'idée d'une menace invisible, souterraine, d'une abominable force cachée.

Tout dans ce sous-sol avait des proportions colossales : les plafonds, les bulldozers, les énormes foreuses à l'arrêt face à la paroi rocheuse… Il se rappelle la main de l'enfant, qui le serrait de plus en plus fort, à mesure qu'ils s'engageaient dans l'obscurité, le jour où ils avaient entrepris cette promenade en veste fluo, dans ces couches inexplorées de la ville.

Jour après jour, les ouvriers assiégeaient la montagne. Leur conquête était laborieuse, tenace, impitoyable. En aucun cas, la montagne ne devait gagner. Elle serait forée et transpercée par des engins aux ficelles tirées par des mains invisibles. Parfois, la montagne se vengeait en déversant sur les ouvriers des quantités mortelles de gravats. C'est ce qu'avait raconté le guide à la veste fluorescente et au casque de chantier bleu. Car malgré la précision du forage et du dynamitage, malgré les calculs savants des ingénieurs sur la viabilité, le poids, la densité de la roche, la montagne présentait parfois des cavités ignorées dont les crevasses s'écartaient pour projeter des torrents de gravillons, et on frôlait alors l'accident mortel. Le premier jour des travaux, un prêtre de la paroisse de Sainte-Eugénie avait d'ailleurs célébré une messe à l'embouchure du tunnel. Il avait aspergé le chantier d'eau bénite et récité des prières devant l'icône de sainte Barbe – patronne des ouvriers-mineurs – accrochée à l'entrée du tunnel, sur la paroi meurtrie.

On avait embauché des ouvriers venus d'un peu partout mais principalement du sud de l'Europe, avait expliqué le guide. Ces hommes allaient de chantier en chantier, de tunnel en tunnel, et leur espérance de vie diminuait à chaque mission. Sur ce projet seulement, cinq avaient déjà péri, tombés de haut ou écrasés par un bulldozer ou un chargeur. De leurs nacelles haut perchées, les grutiers ne voyaient pas toujours les ouvriers, qui se confondaient avec les détritus et les gravats laissés par les explosions.

Dans une section du futur tunnel de sûreté, une machine disposait des explosifs dans les espaces forés. Cette déesse aux nombreux bras était éclairée par l'arrière pour impressionner davantage les visiteurs, tel un animal mythologique ou une de ces créatures sans âme dans les dessins animés de son fils. Ce dernier avait lancé par-dessus son épaule des regards effrayés à cette ombre menaçante. Il s'était protégé du contre-jour en brandissant sa main osseuse, comme si la machine, conduite par une force invisible, pouvait à tout moment s'avancer sur ses chenilles et déployer sur eux ses longs bras et ses étranges griffes. Les doigts de l'enfant serraient les siens, de plus en plus fort, presque compulsivement, tandis que sa main libre remontait sans cesse le casque trop grand qui lui tombait sur les yeux.

Le sol était vaseux, plein de débris, d'amas de pierrailles et de gravillons. Des flaques d'eau puantes s'étaient formées dans les sillons des machines, là où la terre était plus meuble, ainsi que dans les fosses et les tranchées. Par cette belle journée de printemps, enfants et parents captivés – surtout des pères – avaient suivi le guide jusqu'au tunnelier à disque rotatif de cinq mètres de diamètre, et dont les dents de titane et de diamant reprendraient après la visite leur inlassable travail de grignotage à travers la montagne.

Ensuite, seulement, ils iraient voir l'autre partie du tunnel, à quinze mètres de l'autre côté, où une deuxième machine avançait en direction de la première. Ces sœurs jumelles déployaient toutes leurs forces et toute leur détermination pour attaquer la roche noire et humide. Leurs dimensions mêmes – bien qu'elles ne fussent que deux petits vers luisants dans l'ombre de l'énorme montagne – poussaient l'un vers l'autre ces monstres aux gueules insatiables qui se feraient bientôt face. Dans un vacarme assourdissant, la dernière couche succomberait à l'appétit de leurs énormes bouches. La dernière bande de roche, réduite à un peu de sable et de cailloux, tomberait sur le sol comme un rideau sur la scène, et les ouvriers, exténués, contempleraient en silence cette masse gris-noir à leurs pieds. Alors, quand les machines, quand les échos des dernières pierres se seront tus, quand la poussière sera retombée, le contremaître dira que tout danger est écarté et les ouvriers jetteront de joie leurs casques vers le ciel. Ils hurleront, comme emportés par une force qui les dépasse, ébranlés par une main gigantesque. Ils se prendront dans les bras et applaudiront la fin du spectacle : les deux diamants étincelants des tunneliers, désormais face à face. Mais pour ces ouvriers, tout cela – la fête, le rideau, les applaudissements – signifiera aussi qu'il est temps de ramasser leurs affaires, leurs vêtements déchirés et leurs souvenirs, et de s'en aller pour une autre mine, une autre montagne, un autre lieu du monde où ils creuseront un nouveau tunnel.

À côté de lui, il percevait la respiration profonde de l'enfant qui écoutait le guide avec passion, enregistrant toutes les informations, les yeux écarquillés. Il avait serré très fort sa petite main et ne l'avait lâchée qu'une fois dehors, à l'air libre. L'empreinte était restée longtemps en eux, comme une pesanteur, une masse, la chaleur d'une confiance inconditionnelle et mystérieuse.

Le passage piéton suivant conduit à la rugissante avenue Karlbergsvägen. Ils sentent immédiatement que quelque chose n'est pas normal, qu'il y a un léger décalage dans le rythme de la ville : le trafic est à l'arrêt et il règne un silence inquiétant. Une ombre s'est abattue sur Stockholm et en a chassé l'atmosphère quotidienne pour les laisser seuls avec ce corps, étendu sur le ventre, près du bus. On dirait plus un objet qu'une personne. Le conducteur du bus est sorti de son véhicule, qu'il a laissé au milieu du passage piéton, moteur allumé. Il a traversé la chaussée et regarde maintenant autour de lui, confus. Un petit garçon crie – sa voix est effrayante, comme peut l'être celle de son fils – *Là ! Regardez !* Il voit alors précisément la jeune femme allongée par terre. Et juste avant de s'estomper, cette image greffée à l'espace urbain le trouble, en ce qu'elle a d'anormal.

Une foule s'est formée autour de la femme, dont on ne peut pas voir le visage, tourné vers la direction opposée. Sa chevelure vaguement rousse forme une auréole sur l'asphalte mouillé. Autour d'elle, on discute avec émotion. Quelqu'un est en contact avec les secours. Quelques mètres plus loin, un homme en costume bleu marine et trench-coat tend la paume de la main vers le ciel, en parlant dans le micro de ses écouteurs sans fil. Il entend le souffle de l'enfant près de lui et sent la petite main moite qui rassemble toutes ses forces pour serrer la sienne.

L'image d'un autre corps, étendu sur une autre route, vient se superposer, comme en filigrane : une vieille femme dont le corps gisait sur le trottoir, à l'entrée d'une épicerie. Immobile, morte, elle tenait dans sa main un panier à provisions dont le contenu s'était éparpillé. Dans son souvenir, il y avait des boîtes de conserve et une bouteille d'huile percée qui formait une flaque autour du sac. Mais cette fois-là, la chose n'étonnait personne. Les gens ne s'arrêtaient même pas, ils lançaient un regard furtif puis tournaient la tête et continuaient leur route en serrant les dents. C'était à Sarajevo, quelques années seulement après le siège.

La jeune femme commence à bouger. Elle se met à quatre pattes, ses cheveux roux pendent comme des rideaux de chaque côté de son visage. Elle reste un instant dans cette position, les mains contre l'asphalte. Son corps se balance lentement, ses cheveux balayent la surface du sol. Aidée par l'homme au costume, qui a terminé sa conversation, elle se relève sur ses jambes chancelantes. Elle n'a pas de blessure apparente, ni au visage ni sur le reste du corps, un miracle pour quelqu'un qui est tombé la tête la première. Elle est très pâle et ses yeux verts semblent briller de l'intérieur au moment où elle prononce quelques mots incompréhensibles, comme une phrase apprise par cœur qu'on répète machinalement.

Le sang jaillit de son nez, des deux narines, abondamment. Il colore ses lèvres d'un rouge vif, le coin de sa bouche, puis le menton, il tombe sur sa poitrine, sur sa veste claire, forme des gouttes épaisses à la surface du tissu, dessine un motif tacheté. L'homme lui tient la tête en arrière et tout en lui parlant sort de sa poche un paquet de mouchoirs. Il l'ouvre, en prend un et le presse contre le nez de la blessée. Le mouchoir blanc est rougi par cette soudaine hémorragie.

L'enfant semble absorbé par le visage de la femme et par la vue du sang. Sa propre main serre celle de son fils de plus en plus fort. Instinctivement, il tourne les talons et entraîne l'enfant loin de l'abribus. Le petit corps semble d'abord résister mais le suit finalement, le plus vite possible, le long de la palissade bleue qui longe le côté nord de la place. Le couloir pour piétons est étroit et d'autant plus encombré que tous les bus ont dû s'arrêter et faire descendre les passagers, qui se dirigent vers le métro, sans même avoir connaissance de l'accident.

« Est-ce qu'elle va mourir ? demande l'enfant en se faufilant parmi les manteaux d'automne gris et noirs.

– Non. Tu as bien vu qu'elle se relevait, ça va aller, ne t'inquiète pas. »

Le ton se veut rassurant mais l'un et l'autre y perçoivent un tremblement.

« Mais quand même, il y avait vachement de sang ! »

L'enfant se tourne vers lui. Ses traits tiennent à la fois de son père et de sa mère, un mélange parfait dans un seul visage. On entend les sirènes au loin.

« Elle saignait juste un peu du nez. Il y a toujours beaucoup de sang qui coule du nez mais on n'en meurt pas. Et si elle est vraiment blessée, alors… Tiens, tu entends ? Il y a déjà une ambulance. Ils vont s'occuper d'elle maintenant, dit-il calmement, comme pour se rassurer lui-même.

– Mais si elle meurt quand même ?

– Elle ne va pas mourir. »

Ils arrivent au passage piéton devant l'église et attendent que le feu passe au vert. Des bus articulés patientent en file indienne, bloqués par l'accident. Il leur faut se faufiler entre deux véhicules pour traverser.

« Tu promets ? »

Il regarde l'enfant, croise ses grands yeux interrogatifs et sent une vague de chaleur remonter de son ventre à sa poitrine, jusqu'à son cou.

« Oui, je te le promets. »

L'enfant le regarde en serrant les dents. Son visage exprime une confiance indéfectible. Sa bouche n'est qu'une ligne, ses sourcils sont froncés mais ses yeux grands ouverts. Il n'imagine pas une seconde que son père puisse se tromper.

Ils pressent le pas et font un détour par la rue Upplandsgatan pour atteindre l'école par le nord. Au dernier passage piéton, sur l'avenue Vanadisvägen, l'enfant repère un camarade qui attend avec sa mère. Il lui adresse un signe de la main, et lâche celle de son père qui l'imagine déjà trébuchant, au milieu des voitures et des camions lancés à toute vitesse dans la rue qui remonte vers Odenplan. Il le rejoint rapidement et reprend sa main.

La mère lui adresse un signe de tête et un sourire forcé. Les garçons sont très excités, ils parlent de l'accident. Les deux autres l'ont vu, eux aussi.

« C'est terrible ces accidents… » dit-il timidement.

La mère du garçon l'observe un instant avant de répondre :

« Oui, c'est épouvantable, et quel spectacle pour les enfants ! Presque tous les matins, j'en vois qui traversent au rouge et ils ont toujours des écouteurs dans les oreilles… ! »

Elle fait une grimace en plissant la bouche et les yeux sous ses sourcils impeccables. Il approuve d'un mouvement de tête, prêt à abonder dans son sens, mais la femme reprend :

« Ça fait longtemps qu'on ne vous a pas vu. »

Le feu piéton passe au vert avant qu'il n'ait le temps de trouver une réponse. Il laisse les deux autres passer devant et les mots de la mère – plus une remarque qu'une question – restent suspendus dans la fraîcheur du matin d'automne. Pour ne pas répondre, il discute avec son fils, traverse la dernière ligne blanche, puis longe la grille métallique qui mène à l'imposant portail de l'école.

Le bâtiment de brique, aux fenêtres vertes et au toit voûté, se dresse devant eux. Il n'a rien de menaçant, il aurait plutôt des airs de refuge au milieu du ciel noir de la ville. Il demande à son fils s'il n'a pas froid aux mains mais ne reçoit comme réponse qu'un vague signe de tête. Dans sa main moite, celle de l'enfant lui semble petite et froide.

« Je vais essayer de t'acheter une paire de gants et je viendrai te la donner pendant la pause, d'accord ? »

L'enfant hausse les épaules.

« Mais j'ai pas froid. »

Ça le prend d'un coup, juste au-dessus de la taille, à côté de sa cicatrice d'appendicite, toujours au même endroit, depuis des semaines, depuis des mois. Il a rendez-vous chez le médecin dans une demi-heure pour un examen, un genre de radio d'après ce qu'il a compris. Il est furieux à chaque fois que la douleur le frappe, toujours au moment où il s'y attend le moins – pourquoi moi ? pourquoi maintenant ? – il ne peut s'empêcher de penser que c'est une espèce de châtiment, d'une précision impitoyable. Il lui arrive même, après cette douleur fulgurante et aiguë, de sentir la présence de l'appendice qu'on lui a retiré trente ans plus tôt, comme un membre fantôme. Il imagine la petite larve violacée, secouée d'un dernier spasme entre les pinces en acier inoxydable d'un médecin. Petit garçon, à l'hôpital, on l'avait séparé de sa mère et conduit dans une salle d'examen où un médecin lui avait demandé de se tourner sur le ventre et avait enfilé un gant en latex, avant de lui insérer dans l'anus un doigt trop dur et trop épais.

« Ça fait mal ? » avait demandé le médecin d'une voix lente et détachée.

Les larmes aux yeux, il avait tout juste eu la force de hocher la tête, retenant un cri entre ses dents serrées.

Ils traversent la cour de l'école, passent la porte principale et montent au premier étage où il s'assoie sur un banc du vestiaire. Il a encore mal mais tâche de faire bonne figure. Il suit du regard le petit garçon qui accroche d'un geste routinier sa veste à un portemanteau partagé avec une camarade de classe et où pend déjà une veste rose. Il ne connaît pas la fille dont le nom est écrit à côté de celui de son fils sur l'autocollant, il ne saurait pas l'associer à un visage. D'ailleurs, tous ces enfants ont eu tendance à disparaître de sa mémoire ces derniers temps et il ressent un soulagement à voir son fils enfiler ses Crocs bleues et dire :

« Alors, on y va ? »

Il se déplace difficilement. Toujours cette douleur dans l'abdomen. Il fait un pas de côté, essaye de ne pas montrer qu'il a mal.

« Oui, on y va. »

Ils traversent ensemble l'imposant couloir qui mène à la salle de classe. Consciencieusement, il vérifie que son fils figure sur la liste de présence puis le prend dans ses bras pour lui dire au revoir. L'accolade rapproche leurs corps et les éloigne aussitôt. Le garçon se rue dans la classe d'où s'échappent des cris et des rires d'enfants.

Il aperçoit l'institutrice, une femme d'âge moyen, debout près de son bureau, en train de parler avec un parent d'élève. Au moment où il s'apprête à tourner la tête, elle lui lance un regard interrogatif par-dessus ses lunettes, une moue, d'abord un peu complice, puis gênée, peut-être même dégoûtée, avant de retourner à sa conversation.

Le front en sueur, il redescend l'escalier, passe la porte d'entrée et se retrouve face à cette journée qui l'attend, inévitable, dehors. Il traverse la cour déserte et jette un dernier coup d'œil aux fenêtres du vestiaire et du couloir en fermant derrière lui le lourd portail noir. Il devine un visage mais ne saurait dire si c'est celui de son fils. À tout hasard, il agite la main et la silhouette de l'enfant lui répond, un salut lointain, à une distance qui semble infinie. Les feuilles d'un vieil érable volent entre leurs deux corps et se posent sur l'asphalte mouillé de la cour. Il baisse le bras. La silhouette s'évanouit.

Sur la façade centenaire, juste en dessous de la corniche, l'inscription sur fond jaune pâle semble lui être directement adressée. Ce n'est pas la première fois qu'il la voit mais, jusqu'ici, il l'a toujours ignorée, a souri au mieux, face à cette trace anecdotique du passé, comme un anneau de croissance sur un tronc d'arbre coupé. Elle lui apparaît aujourd'hui comme une liste de maximes répétitives et obsédantes dans la lumière du matin : *Heureux celui qui sait ce qu'il sait. La crainte de l'Éternel est le début de la sagesse. On paye longtemps ce qu'une heure a brisé.* Et ces mots continuent à danser devant ses yeux tandis qu'il longe en sens inverse la grille noire, passe devant l'armoire électrique aux affiches déchirées et retraverse la rue au niveau du supermarché.

Il ne fait plus très attention à la circulation, il marche vite, il passe au rouge. À l'angle de la vieille église en béton, le même homme est toujours là, jouant sur son accordéon sa mélodie lancinante, avec son sourire en coin et ses dents écartées. Il cherche de la monnaie dans sa poche mais n'en trouve pas et s'excuse en haussant les épaules. L'homme lui sourit, fait une petite révérence sans cesser de jouer, énergiquement, obstinément. C'est une ritournelle venue de très loin, plus intense que tout ce qui l'entoure, et qui pénètre ce monde, devenu abstrait. La mélodie est plus légère que le poids de ses origines, dont elle exprime une nostalgie puissante et irrésistible, qui le saisit, comme les vapeurs d'une brume matinale sur la terre humide, les volutes de tabac, de charbon et de café noir, les matinées au village dans la maison fraîche de son père. Tous ces automnes… Ou n'était-ce qu'un automne ? Qu'un matin ? Et quand bien même : les aboiements des chiens attachés à une chaîne, de maison en maison, le couinement de la charrette et les chevaux dans la grand-rue, le frottement du coupe-chou contre les poils de barbe, le bruit de la cafetière sur le feu, les carreaux dans la cuisine, la buée sur les vitres. La densité de l'air, le poids du temps. Des touches jaunies du clavier s'échappent des notes, comme les gouttes d'un autre monde qui vont lentement s'écraser sur le sol.

Au carrefour d'Odenplan, tout est fini, c'est-à-dire que tout est comme d'habitude. C'était peut-être un rêve que tout cela – la fille par terre, les torrents de sang –, une image fabriquée par cette force qui le traverse, la réminiscence d'un autre temps, d'un autre lieu, apparue devant ses yeux comme un instantané.

Arrivé au milieu de la rue, il reçoit un message sur son portable. L'appareil vibre contre sa cuisse, un bruit cristallin de clochettes rompt le murmure de la ville. Il traverse, attrape son téléphone et lit le message : *Votre arrêt maladie expire dans deux semaines. Merci de contacter le service des ressources humaines.* Un expéditeur inconnu, un nom comme tant d'autres. Le sang remonte depuis son ventre vers le haut de son corps, comme aspiré, implacablement.

Les portes de l'ascenseur émettent un léger grincement. Il sort au septième étage de cet immeuble où des cabinets médicaux sont emboîtés comme des poupées russes. C'est le lieu de tous les espoirs et de toutes les peurs, de toutes les questions et de toutes les réponses que peut contenir un corps humain entre sa naissance et sa mort. Le couloir est mal éclairé. Il jette en passant un coup d'œil à la cage d'escalier : il n'a jamais pu résister à ces immenses espaces vides aux formes géométriques. Celui-ci est un carré presque parfait, si haut que la caisse de résonance disparaît dans un ciel de poussière. Les murs verdâtres lui donnent l'air d'un trou sans fond. En bas, on peut deviner le sol, mais la vue est vertigineuse. Il s'imagine tombant dans ce puits étroit, les pieds devant, les bras et jambes le long du corps pour ne pas heurter le métal scintillant des rampes qui défilent. Il redresse la tête et reprend sa route le long du couloir désert.

Pour entrer dans le cabinet médical, il faut sonner à un interphone. Personne ne répond mais une lumière verte et un bourdon lui signalent que la porte s'est ouverte. À l'intérieur, la décoration est à l'opposé de celle de la cage d'escalier, avec ses néons vacillants, ses portes rayées, ses couleurs sombres et son vieux carrelage. Ici règne une modernité stricte mais chaleureuse. On se croirait dans le hall d'un petit hôtel plus que dans un lieu où sont sondés les secrets les plus sombres des hommes. Trois personnes attendent déjà. Leurs visages ne laissent rien paraître, sinon peut-être la conscience de se trouver dans un lieu solitaire et incompréhensible, qui les dépossède de toutes leurs certitudes. Leur seule consolation pourrait se résumer à ces mots qu'il s'est lui-même souvent répétés, sans faire attention à l'âge ou au sexe des autres patients : *je ne suis pas le seul.* Pas d'accueil, personne à qui demander si c'est bien ici, si c'est la bonne heure, personne pour vous donner un stylo, un verre d'eau, l'autorisation de s'en aller – toute entrée est définitive. Les patients disparaissent les uns après les autres, appelés par les médecins et les infirmières de service qui passent parfois la tête dans la salle d'attente. Dernier arrivé, il se retrouve bientôt seul dans cette pièce aux meubles confortables et aux couleurs rassurantes, dont les fenêtres surplombent les toits d'Odenplan.

Une dame aux cheveux courts l'appelle, elle est toute ratatinée et ne doit plus être loin de la retraite. Elle lui tend une petite main sèche aux doigts comme des griffes d'oiseau et l'invite à la suivre dans la salle d'examen. Le couloir est sobrement décoré : des tableaux abstraits éclairés par une lumière tamisée, des murs de couleur unie, sombre mais chaude. Devant lui, la petite dame avance vite, la tête légèrement penchée. Son bras gauche pend le long de son corps, ses doigts sont dépliés, légèrement écartés, et un anneau brille sur l'un d'eux. Elle serre un classeur en plastique contre sa poitrine – sans doute le registre des patients – et sa blouse, qui lui arrive aux genoux, oscille en un mouvement d'air imperceptible. Le corps disparaît, ce n'est bientôt plus qu'une silhouette blanche qui faseye dans l'obscurité. Un morceau de tissu.

Elle ouvre une porte et l'invite à entrer. Dans la pièce, une table d'examen, un ordinateur et une chaise. Le sol est recouvert de moquette, une lumière grise pénètre par la fenêtre, exposée plein ouest. Celle-ci offre une vue complète sur le chantier d'Odenplan et son trou en forme d'entonnoir où s'agitent machines et ouvriers. Les couleurs criardes des vêtements ressortent sur le béton fraîchement coulé. La flèche de l'église d'Odenplan se dresse en fond de scène et sa coupole noircie par l'humidité se perd dans la brume matinale.

« Ce n'est pas la plus belle vue du monde, intervient-elle. Mais ça permet de suivre l'avancée des travaux. Vous pouvez retirer votre chemise. »

Il se retourne pour se déboutonner. La situation est gênante : la pièce est trop petite et la médecin trop proche. Et puis on se croirait décidément dans une chambre d'hôtel, il ne peut pas s'ôter cela de l'esprit. D'ailleurs, tout cet endroit ressemble à un hôtel bon marché à l'étranger : les couleurs neutres, la lumière sans ombre projetée par des spots au plafond, les tableaux anonymes, le silence. Il défait maladroitement le dernier bouton de sa chemise, ses aisselles sont collées par la sueur. La médecin est respectueuse, du moins indifférente. Elle entre ses données personnelles dans un vieux logiciel au graphisme verdâtre.

Elle ne s'est pas présentée tout à l'heure ou alors de si loin qu'il n'a pas compris son nom. Il peut le lire à présent, épinglé au revers de sa blouse. Le badge déforme le tissu, créant un déséquilibre avec l'autre côté. *Rita von Schmalensee*, déchiffre-t-il avant de croiser son regard, d'étonnants yeux vert clair qui brillent dans la pénombre. Leur couleur est fluctuante, indéfinissable, presque jaune, l'iris est moucheté de taches noires qui en font ressortir l'éclat : des yeux extraordinaires, hors du temps, qui l'hypnotisent. Elle observe son registre et dit d'un ton neutre :

« Pour l'échographie, je vous demanderai de bien vouloir vous allonger sur le dos. »

Dans son souvenir, l'ordonnance parlait de radio, pas d'échographie. Non que cela ait une grande importance, encore que. De toute façon il ne peut plus partir maintenant, alors autant s'allonger sur le papier râpeux qu'on a déroulé pour lui sur la table d'examen. Il sent la raideur de la fibre contre son dos nu, une goutte de sueur coule le long de l'épine dorsale. Von Schmalensee attrape la sonde et le tube de gel.

« Déboutonnez votre pantalon s'il vous plaît, et descendez votre braguette. »

Il s'exécute, après un léger sursaut aux mots *descendez votre braguette*. Elle fait tomber dans un gargouillement un peu du liquide bleuté sur son ventre, sous le nombril, à l'extrême limite des poils pubiens, et la froideur du gel fait frissonner tout son corps. Il espère qu'elle ne s'en est pas rendu compte mais il a bien vu qu'elle avait levé le sourcil, peut-être même pincé un peu les lèvres en posant le tube sur une table d'appoint, à côté du moniteur.

Il y a sept ans, dans le même bâtiment, trois étages plus haut, peut-être cinq, une gentille réceptionniste répondait à ses questions. Les meubles avaient d'autres couleurs, les tableaux étaient signés d'autres peintres et l'air était lourd d'attente, de tension, de peur contenue mais aussi d'optimisme, de ce qu'il appellerait aujourd'hui, faute de mieux, de bonheur. C'était son ventre à elle qu'on lubrifiait et qu'on échographiait. L'écran était placé en hauteur, au pied de la table d'examen, pour que les deux parents puissent découvrir ensemble le miracle caché dans les entrailles de la mère. Entre les plis des muscles et des muqueuses, s'agitait un être de sept centimètres qui donnait des coups de pied, secouait la tête et battait des bras dans le liquide amniotique en écartant les doigts, ses tout petits doigts. Et dans l'obscurité de la cage thoracique brillait une lumière, comme une lanterne, un petit cœur, à peine plus gros qu'une musaraigne, diaphane et phosphorescent.

Von Schmalensee appuie la sonde contre la flaque de gel, puis effectue un mouvement rotatif, formant une bouillie avec les poils du ventre qui se mêlent à ceux du pubis, plus épais et plus rêches. Il tourne la tête vers la fenêtre pour ne pas regarder, tandis qu'elle appuie brutalement, précisément là où il a toujours mal. On dirait un lecteur de code-barres dans un supermarché et ça ne fait pas mal du tout, pense-t-il. Il se tourne vers le visage de la médecin, qui observe son ventre scintillant en noir et blanc sur l'écran. Une image en forme de cône, illisible pour les profanes.

Elle esquisse un rictus, un genre de tic, peut-être même un sourire sur ses lèvres serrées. De là où il est, il voit mieux son profil d'épervier. Le nom de van Schmalensee lui est familier, il essaye de se souvenir... Des architectes, lui semble-t-il, des fonctionnalistes. Son esprit est fasciné par ce visage taillé à la serpe, il imagine la vie de cette femme, sans accroc, sans résistance, une vie dénuée de folie mais sûrement pas de passion.

Et comme pour conjurer le sort, il se la raconte, depuis l'enfance dans un sombre appartement bourgeois jusqu'au premier poste d'interne à l'hôpital Karolinska, en passant par le lycée de filles, les études à Uppsala, le mariage et les enfants. Une vie respectable et facile, de bout en bout. Un logement spacieux, une résidence secondaire avec de jolies boiseries et des fenêtres à meneaux. Pourtant, il y a chez cette femme une forme de bohème retenue. Peut-être, en cours de route, a-t-elle pris ses distances avec son milieu. Peut-être ne voit-elle pas son métier comme une étape de son ascension sociale mais comme une ligne de front, un combat contre la pauvreté et l'injustice : au nom de *la solidarité* et du serment d'Hippocrate. Avec le temps, sa vision du monde s'est sans doute écroulée, lentement mais inexorablement. À mesure que ses enfants grandissaient, elle a dû démonter toutes les briques de l'édifice, comme une gamine résolue à détruire son château en Lego : coupe budgétaire, marginalisation, externalisation du personnel d'entretien, puis des laboratoires et enfin des médecins. Alors, n'y tenant plus, proche de la retraite, elle aura suivi un collègue qui partait dans une clinique sobrement décorée du quartier d'Odenplan, où elle gère le flux incessant de cas plus ou moins graves, envoyés par des centres médicaux en sous-effectif. Elle y reste pour ne pas vieillir dans le jardin abrutissant de la retraite, pour ne pas garder des petits-enfants à moitié malades et supporter des déjeuners avec d'anciens collègues. Au lieu de quoi, elle radioscopie des hystériques, des névrosés, des patients pour la plupart assez médiocres, enrichis par des carrières dans l'immobilier ou d'autres secteurs beaucoup trop bien payés, qui suivent avec succès un modèle conservateur, accrochés à leur petit confort bourgeois avec femme de ménage et baby-sitter, bref tout ce à quoi elle a elle-même tourné le dos et qui est soutenu par le même État qui l'a poussée vers le monde douteux de l'entrepreneuriat.

« Il n'y a rien », dit-elle sans desserrer les lèvres, comme s'il lui fallait faire un effort surhumain pour ne rien ajouter de désobligeant ou le mettre à la porte.

Elle ne doit voir en lui qu'un hypocondriaque de plus, un de ces simulateurs qui, non contents de venir s'allonger sur sa table d'examen, propulsent leur argent à travers le système bancaire, depuis un maigre fond marécageux dans une banque locale jusqu'aux comptes de la clinique, louches, anonymes et lointains.

« Tournez-vous sur le côté », demande-t-elle d'un ton froid.

Et il se tourne sur le côté. Son ventre, qui a perdu ces dernières années toute forme et toute structure et qu'il évite en général de regarder, semble jaillir de son pantalon. Elle passe sans précaution son instrument sur la peau blanche et molle. Le gel colle sur les poils, les vagues d'ultrasons cherchent une douleur dont il ne reste aucune trace, réelle ou imaginée.

« Non, vraiment, je ne vois rien. Redites-moi où vous avez mal ? »

Elle tourne vers lui son visage volontaire. Au fond, elle ne lui veut que du bien. Pourtant, les yeux verts brillent d'une lassitude tétanisante, on les dirait coagulés, recouverts d'une pellicule grise et terne, comme de la cire.

« Ici, juste sous la cicatrice de mon appendicite », dit-il en montrant avec son index.

Elle repasse l'instrument sur son ventre, un peu plus fort cette fois, l'enfonçant sur le mélange de poils et de graisse, juste au-dessus de la ceinture, assez fort pour que la pression lui fasse mal. Puis Rita von Schmalensee fixe une nouvelle fois son écran, murmurant d'un ton un peu accablé, comme pour elle-même :

« Non, vraiment, il n'y a rien du tout. Bien sûr, cela peut venir des intestins, je veux dire, des gaz. »

Il approuve d'un mouvement de tête. Des gaz, ce pourrait être des gaz.

La sueur a coulé le long de son buste. Allongé sur le côté, il sent les gouttes contre son aine, le contact du courant d'air avec l'humidité le fait frissonner. Il ne voit plus von Schmalensee, penchée sur son clavier d'ordinateur, tapant les conclusions d'un examen sans résultat. Lorsqu'elle lui a dit de s'allonger sur le côté, il a plié les genoux, puis, instinctivement, les a relevés contre sa poitrine, liant ses mains devant lui, pas tout à fait comme une prière ni une poignée de main, plutôt comme deux coupes empilées, les plateaux brisés d'une balance de chair et d'os, deux mains qui protégeraient un bijou précieux, un coquillage ramassé par terre, un criquet ou une grenouille qu'il aurait fait prisonniers.

Recroquevillé sur le côté, il se sent de plus en plus réel et de plus en plus gris. Outre la faible lumière d'automne par la fenêtre, seul l'écran de l'ordinateur éclaire la pièce et fait ressortir le profil silencieux de cette femme, son visage à la fois intemporel et marqué par les ans. Une lumière vert fluo se déverse sur ses années passées, sur le cours du temps qui l'a emportée trop vite et la conduit irrémédiablement vers sa fin, elle aussi.

« Vous pouvez vous rhabiller. »

Elle se lève en serrant le classeur rouge contre sa poitrine.

Il descend de la table d'examen, un peu étourdi, comme s'il venait de se réveiller mais sans le flottement laiteux du matin, délesté du poids qu'il portait en arrivant ici. Il est vide à présent, purgé. Les ultrasons ont purifié ses entrailles, c'est cela, il est *pur*, et malgré l'hostilité du médecin, sa répugnance à faire des examens aussi inutiles, il ressent pour elle de l'amitié et de la reconnaissance. Une légère ivresse l'étourdit et emplit ses yeux de larmes au moment de se diriger vers la chaise pour ramasser ses vêtements.

« Comme je vous l'ai dit, je ne vois pas grand-chose mais votre médecin généraliste pourra sans doute vous en dire plus.

– Mon généraliste ? finit-il par articuler après une courte hésitation.

– Oui. Et je vois par ailleurs que vous êtes en arrêt maladie depuis cet été déjà », continue-t-elle sur le même ton neutre.

Il acquiesce, un peu surpris. Elle a dû lire tout cela dans son dossier.

« Du surmenage, j'imagine ? Écoutez, je ne suis pas psy mais cela pourrait avoir un rapport avec vos problèmes d'intestins. »

Les yeux verts tachetés de noir s'accrochent à lui et l'attendrissent, le font soudain faiblir. Il sent ses jambes le lâcher.

« Je vous conseille d'en parler plutôt avec un psychothérapeute ou au moins avec votre médecin de famille.

– D'accord, merci, répond-il d'une voix effacée.

– Vous devriez peut-être penser à votre… état de santé général. Veiller à votre alimentation, votre sommeil, votre hygiène, surveiller votre consommation d'alcool… Est-ce que vous dormez bien ? »

La question le prend au dépourvu.

« Euh… oui, enfin pas toujours. Mais là je commence à m'occuper de mon fils, ça va aller mieux. »

Elle approuve d'un hochement de tête. L'ombre d'un sourire se dessine sur ses lèvres.

« Dans ce cas, nous avons terminé. »

Le monde fait un demi-tour et il remet en tremblant sa chemise. En se retournant, il constate que la place en face de lui est vide. Elle est partie en laissant derrière elle la porte entrouverte.

L'énorme bâtiment gris se dresse maintenant derrière lui, telle une mosaïque dédaléenne de cabinets médicaux où le début et la fin de toute chose seraient fatalement liés. Ceux qui vont être auscultés s'engouffrent dans l'immeuble tandis que ceux qui, comme lui, l'ont déjà été, en sortent avec leur matière, leur chair, leurs mines soucieuses. Tous fixent le sol en affichant le même visage uniformément morne, inexpressif, broyé par l'inquiétude.

Il relit sur son portable le message qu'il a reçu juste avant d'entrer. Les mots du médecin résonnent encore à ses oreilles : *bien dormir, psychothérapeute, état de santé général, hygiène, alcool.* Perdu dans le flot des gens qui entrent et sortent par les portes automatiques, il se prend à observer son reflet dans la vitrine d'une librairie. Dans la boutique éteinte, au milieu des rangées de livres, il voit une image à la fois familière et étrangère, comme deux versions de lui-même qui auraient fusionné et revêtu ces vêtements élimés qu'il porte depuis le début de l'automne. Il reconnaît ses traits, la forme de son corps, la couleur de ses cheveux, mais l'ensemble lui paraît recouvert d'une pellicule terne, comme dans l'ombre ou le brouillard, ou à travers un verre opaque, accentuant son âge et sa décrépitude. Il détourne le regard. Son état de santé général. C'est ce dont on va lui parler s'il se rend à cette convocation. Il peut envisager de rencontrer une personne des ressources humaines. Il en est capable.

La dernière fois qu'il a parlé avec son supérieur, c'était au début de l'été et une lumière aveuglante tombait dans le patio à travers le toit en verre givré. C'était un vieux bâtiment : une ancienne banque transformée en musée et en bureaux. D'interminables couloirs conduisaient à des entresols et à des escaliers qui menaient eux-mêmes à différents corps de bâtiments construits au-dessus du musée. Son service se trouvait entre la rue Fredsgatan et le patio. Le directeur avait le plus grand bureau, des proportions ridicules, d'immenses hauteurs sous plafond, des moulures et des fenêtres à l'ancienne. L'aménagement, en revanche, n'avait rien d'exceptionnel : meubles sans formes et sans charme, étagères et bureau en contreplaqué, chaises inconfortables. Un néon, au plafond, répandait son bourdon et malgré le silence du couloir – ou peut-être à cause de lui – un bruissement sourd imprégnait l'air. Ce murmure spécifique aux bureaux, cette odeur d'électricité le rendaient certains jours presque fou. Le directeur se pencha en arrière sur son luxueux fauteuil et examina un document sur le bureau.

« Votre médecin veut vous arrêter. Il dit que vous faites… enfin que vous êtes sur le point de faire… un burn-out. »

En prononçant ces mots qui lui étaient si pénibles à dire, ses lèvres exsangues se tordirent légèrement.

Il était assis face à lui, sur une chaise ordinaire, devant un bureau impeccablement rangé où seuls quelques post-it verts collés à l'écran de l'ordinateur venaient rompre la symétrie des classeurs et des dossiers. Il approuva en silence, inexpressif, fidèle à ce qu'il s'était promis. Pas de mots inutiles, pas de crise incontrôlable, pas de sanglots sans larmes comme il avait eus chez le médecin ou le conseiller, pas d'hésitation.

« Et cela commencerait donc à partir de… lundi, si je comprends bien. C'est ça ? »

Il fit signe que oui en s'efforçant de ne pas baisser le regard.

Les yeux bleus du directeur avaient quelque chose de tranchant, d'inaltérable. Il les braqua sur le papier devant lui et continua, sans lever la tête :

« J'espère que cela n'a pas de rapport avec votre situation professionnelle. Vous avez toujours été très… consciencieux. »

Le directeur se pencha en arrière. Le dossier partait incroyablement loin, comme dans un fauteuil à bascule.

« Y a-t-il quelque chose qui aurait influencé votre… état de santé général ? Vous êtes-vous senti délaissé ? »

Il pensa qu'il était peut-être temps de dire quelque chose. Il se redressa et s'éclaircit la voix :

« Pas du tout. J'accorde beaucoup d'importance à mon travail. Je crois en ce que je fais. Mais j'ai d'autres raisons, des raisons personnelles. »

Il marqua une pause et jeta un coup d'œil par la fenêtre, puis regarda à nouveau le directeur, affalé dans le fond de son fauteuil, comme un pantin désarticulé. Sa bouche entrouverte révélait la rangée supérieure de ses dents. C'était répugnant, mais il devait le regarder en face pour lui dire ce qu'il avait à dire.

« Ma femme et moi nous sommes séparés récemment et ça… ça m'a pas mal secoué. »

Le directeur leva le sourcil, ferma la bouche et opina en silence. Ce n'était pas vraiment de la compassion, plutôt des pièces qui se mettaient en place dans son cerveau.

« Dans ce cas… dit-il seulement. Dans ce cas…

– J'ai besoin de l'été pour me remettre sur pied, ensuite ça ira. Mais pour le moment… Pour le moment, je ne suis bon à rien. »

Le directeur approuva une nouvelle fois, en lui lançant un regard inquisiteur. Il se ressaisit, attrapa la souris sur son bureau et ralluma l'ordinateur en veille qui émit un bourdonnement. Les lèvres pincées, le regard perdu dans l'écran, il semblait chercher quelque chose ou faire défiler de vieux mails avec sa souris. D'un ton neutre, presque distant, il dit :

« Ça n'a rien à voir avec cette histoire de Pristina ? »

La question le prit de court. Le directeur restait concentré sur son écran.

« Notre chargée d'affaires sur place nous a dit qu'après la visite de la délégation – il se tourna finalement vers lui, le front plissé –, enfin, elle n'a rien dit de particulier mais disons qu'elle a parlé de vous comme ça, *by the way…*

– C'est curieux », dit-il.

La douleur au niveau de son appendice reprit, lancinante, comme une respiration, le rythme soutenu d'un accordéon qu'on plierait et déplierait au fond de lui.

« Voyons voir. Ah, le voilà. Rien de particulier. Elle dit seulement qu'elle vous a trouvé un peu... absent. C'est bizarre, non ? Ça ne vous ressemble pas.

– Oui, peut-être... dit-il, hésitant. J'étais en plein dans ces histoires de famille, je veux dire, ces problèmes chez moi. »

Il se souvint alors pourquoi il avait été un peu ailleurs durant ce voyage, assez pour qu'on le signale à Stockholm. Ce n'étaient pas les rencontres avec les représentants locaux qui avaient posé problème, plutôt la soirée avec la chargée d'affaires de l'ambassade, restée gravée dans sa mémoire. On ne le lui disait pas mais il le lisait entre les lignes.

« Absent, oui... rien à voir, donc, avec le travail ou avec la délégation ? Je sais que vous avez tendance à fuir ce genre de groupes de travail paritaires, je veux dire, ces rapprochements entre l'action *culturelle* – son accent de Scanie ressortait sur ce dernier mot – et le commerce extérieur. Je comprends votre point de vue, vous savez. Mais c'est comme ça que les choses se passent en Suède aujourd'hui. On doit dérouler le tapis rouge pour les industriels, notre petit pays dépend beaucoup de ses exportations, et il n'y a pas de honte à cela. Enfin, disons que l'un n'exclut pas l'autre. Et pour vous dire la vérité, et à vous je peux la dire – il se permit un sourire, peut-être même un clin d'œil –, les échanges culturels ne sont pas l'avenir de ce service, ni même de cette agence. Avez-vous pensé à l'Agence suédoise de développement ou peut-être à un autre établissement administratif culturel ? Je crois savoir que vous collaborez déjà avec plusieurs d'entre eux. Vous pourriez demander un détachement croisé. Vous n'avez pas idée du nombre de personnes qui voudraient travailler ici. S'ils savaient… »

Il gloussa, apparemment amusé.

« Comme je vous l'ai dit, ça n'a rien à voir avec mon travail. En tout cas pas pour le moment. »

Il entendait combien ses propres mots semblaient sincères.

« C'est un problème familial. Mon fils… Il… enfin je…

– Ah les enfants… l'interrompit-il en se penchant par-dessus son bureau. C'est ce qu'il y a de plus important. Moi, j'en ai trois et j'ose à peine imaginer la crise que ce serait si on se séparait avec Lena – il semblait mal à l'aise, les deux sillons entre ses sourcils s'accentuaient. Enfin, Dieu merci, ce n'est pas d'actualité, ajouta-t-il, comme on chasse une mauvaise pensée. Oui, bon, d'accord, arrêtez-vous – un frisson parcourut son corps dégingandé. Mais veillez à passer les dossiers à Gunilla, s'il vous plaît. Elle est déjà préparée. On en reparle à l'automne. Car, bien sûr, je présume que vous reviendrez à l'automne. »

Il approuva d'un hochement de tête, se leva en murmurant un *merci* et regagna la sortie de cette pièce disproportionnée. La main sur la poignée, il entendit alors la voix du directeur, comme un écho lointain derrière lui, plus douce, moins tranchante, et qui disait :

« J'espère que ça va s'arranger. »

Il sortit sans se retourner et ferma la porte avec délicatesse. Dans le couloir désert, la douleur le reprit. À bout de souffle, il serra les poings plusieurs fois pour la faire disparaître, avant de regagner son bureau, quatre portes fermées plus loin.

Autour de la place, le flot de travailleurs descendus à la station Odenplan s'estompe mais, devant la clinique, des piétons continuent d'arpenter fiévreusement la colline. Il jette un œil à travers la vitre d'une boutique de vêtements où le personnel s'agite parmi les portants serrés. Il veut entrer mais la porte automatique reste fermée : un panneau indique que la boutique n'ouvrira pas avant une bonne demi-heure.

Cette partie d'Odenplan lui avait toujours inspiré un mélange de dégoût et de fascination. Les boutiques insignifiantes et le centre médical attiraient une foule bigarrée et pas seulement les gros pouvoirs d'achat que visaient depuis quelques années les agents immobiliers et pour qui ce quartier était devenu un symbole de réussite. Au contraire, toute la lie de Stockholm atterrissait ici un jour ou l'autre. C'était ici qu'on avait vu pour la première fois des mendiants d'Europe de l'Est. Ici que les supermarchés avaient dû embaucher des gardes pour fouiller les toxicomanes qui ressortaient les poches pleines de tout ce qu'ils avaient pu voler. Le petit bar, près du magasin d'alcool de l'autre côté de la rue, fermait tard mais, dès l'après-midi, on entendait des clients parler fort et mal. Dans le pub à billard, au sous-sol de la clinique, on avait refait la décoration mais la clientèle n'avait pas changé. On y trouvait tout l'éventail de ce que la ville avait repoussé, tous ceux dont elle souhaitait se débarrasser et qui, paradoxalement, donnaient à ce coin venteux et ombragé un air de liberté.

Bien sûr, la bibliothèque municipale aussi attirait des passants. Venus se réchauffer dans le hall d'entrée, ils feuilletaient de vieux journaux dans la salle des périodiques ou cherchaient simplement la présence insouciante des autres hommes. Certains allaient dormir dans une salle d'études, d'autres faisaient les poubelles, à la recherche de canettes consignées. La bibliothèque offrait un refuge pour tous ceux qui fuyaient, quelques minutes ou quelques heures, le froid et le vent, les centres d'hébergement, les locaux à poubelles, les parkings, les tunnels, les couchettes improvisées dans des sacs de couchage sur des matelas maculés et ceux qui craignaient de rentrer chez eux, dans leurs appartements sombres et sales, les désœuvrés en attente d'un coup de chance qui n'arriverait jamais, absolument jamais.

Il reste là un instant, les yeux levés vers l'église. La lumière est de plus en plus claire, peut-être les nuages se sont-ils enfin dispersés ? Il hésite à entrer dans l'église puis renonce : la silhouette du bâtiment est séduisante mais ça n'aurait pas vraiment de sens. Il est tenté, c'est vrai, d'aller allumer un cierge et de murmurer quelques mots face à l'imposant autel baroque, apaisant pour l'esprit, mais manquant d'humilité. Au lieu de quoi, il part dans la direction opposée, vers la bibliothèque en bas de la colline, sinistre forteresse aux murs arrondis colorés par des milliers de livres, comme une enivrante mosaïque.

Il pourrait entrer et feuilleter quelques vieux ouvrages avant d'aller acheter des gants pour son fils, se mêler à ces gens venus comme lui chercher un peu de calme dans cette matinée d'automne : les laissés-pour-compte, les déchus de la société et les autres, ceux qui choisissent de gaspiller leur précieuse jeunesse dans l'atmosphère confinée d'une bibliothèque. C'était ce mélange qui donnait au lieu tout son caractère. Une alliance, à parts égales, de désespoir et de renoncement. De tristesse nonchalante et de rêves tumultueux.

Il se retourne et commence à descendre la colline.

Comme toujours, il entre par la porte latérale, traverse rapidement le hall, passe devant les énigmatiques noms de départements et le café blafard, puis emprunte le sombre chemin qui monte à la rotonde. Le parcours est déplaisant, comme si la direction était indiquée par une main presque centenaire, celle de l'architecte, mort depuis longtemps. L'endroit ressemble à un tombeau égyptien, une crypte, dont les blocs de granit noir et les sinistres bas-reliefs constitueraient un passage obligé vers l'infini tourbillon des livres.

Il règne dans la grande salle une ambiance ensommeillée, détachée du monde. Des bibliothécaires aux yeux mi-clos regardent par-dessus leurs lunettes en étouffant des bâillements et rassemblent leurs dernières forces pour répondre d'une voix tranchante aux questions des visiteurs exaspérés, qui finissent toujours par s'avouer vaincus et sortent retrouver dehors un peu de sérénité. D'autres préfèrent se cacher dans la réserve ou perdre discrètement leur temps dans le département « poésie », là où s'embrassent des étudiants et où quelques silhouettes avachies contemplent, l'œil luisant, un vieil ordinateur rayé.

Il continue sur la droite et passe l'étagère des conseils de lecture, des titres vainement déposés là par les bibliothécaires et que personne ne regarde jamais, ainsi sauvés de la remise, de l'autre côté du tube, où, passé une courte durée, ils sont inévitablement broyés et réduits en pâte à papier pour fabriquer d'autres livres, lesquels, avec un peu de chance, finiront à leur tour sur cette même étagère. La bibliothèque est un circuit fermé. De leur achat à leur mise au pilon, les livres font partie d'un système organique, pullulant sur les étagères de l'immense salle cylindrique – jusqu'aux fenêtres, brillant comme des mirages – où ils inspirent un sentiment de stabilité, de solidité, d'éternité. Telles les planches de bois d'un sanctuaire japonais, les ouvrages font leur temps, puis on les remplace. Même les titres les plus honorables deviennent illisibles, usés jusqu'à la corde, obsolètes. Aucun n'est sauvé, tous repartent par le même chemin et finissent broyés par les mâchoires de la déchiqueteuse.

La salle suivante est réservée à la littérature, la linguistique et aux biographies. Quelques étudiants pianotent sur leur téléphone, pliés en deux au-dessus de leurs tables, d'autres somnolent, des écouteurs enfoncés dans les oreilles pour chasser la mélancolie ou l'angoisse de n'avoir pas révisé la moitié de ce qu'ils auraient dû pour un examen imminent. Ce délai, comme une ombre, pèse de tout son poids sur les rangées de bureaux.

Le long d'une table dédiée aux recherches généalogiques, s'alignent les habituelles figures maigres et blafardes, plus dépenaillées les unes que les autres, comme unies par la saleté de leurs vêtements. Scotchés à leurs écrans, ils cherchent à mettre de l'ordre dans des notes incompréhensibles ou complètent des arbres tentaculaires en s'appuyant sur des extraits de registres paroissiaux. Un homme se redresse. Il est très vieux et porte des lunettes à verres épais et une veste gris anthracite, pas assez sombre pour en camoufler les taches, signes d'une déchéance déjà bien avancée. Les renforts en cuir, à moitié déchirés, peuvent céder à tout moment et laisser apparaître son coude maigre et jauni, comme un os de squelette. L'homme regarde autour de lui, interdit, perdu dans ses pensées, sans tenir compte de ce qu'il se passe dans la pièce, puis enfouit son visage dans une main, saisit sa nuque de l'autre et d'un mouvement rapide, décidé, appuie de toutes ses forces sur sa mâchoire qui émet un couinement glaçant, tandis qu'il murmure quelques mots incompréhensibles. Cet horrible bruit le poursuit jusqu'au département « arts et musiques », dans lequel il s'est enfui. Il se précipite dans un rayon pour attraper un livre d'art au hasard et chasser de son esprit ce qu'il vient de voir et d'entendre, le bruit de cette mâchoire désossée, de cette prothèse dentaire, qui continue de résonner dans ses oreilles.

Il feuillette l'ouvrage sans le lire et observe par-dessus son épaule les quelques lecteurs isolés, terrés aux places que lui-même occupait autrefois, pas tant pour le thème du département que pour le calme et le silence qui y régnaient, un silence presque primitif. Les tables noircies, les chaises légèrement inclinées, la lumière tamisée des abat-jour verts et des hautes baies vitrées, l'immense œuvre d'art en patchwork sur le mur du fond, les livres enfin, comme des millions de taches colorées sur les murs, toute cette composition était à l'image même de ce qu'il avait rêvé, un jour, dans la bibliothèque municipale de son enfance.

Cette bibliothèque n'était pas si petite, au contraire. Sa première année à l'université, il y avait même trouvé des tragédies grecques. Il était resté vivre dans la ville de ses parents, ne pouvant se résoudre à quitter le cocon familial. D'ailleurs, l'université lui faisait peur. Au premier rang de l'amphithéâtre, des étudiants modèles répondaient hardiment aux questions du professeur, même quand ils ne savaient pas vraiment, d'un ton péremptoire, sûrs d'eux. Terrifié, il avait préféré se tenir à distance et il était resté plus d'un an chez ses parents avant de louer une chambre dans une résidence étudiante.

Il avait néanmoins gardé la carte de la bibliothèque municipale et y retournait le week-end ou pendant les vacances, chaque fois qu'il rendait visite à ses parents. Il en connaissait le moindre recoin, la moindre salle, il aurait pu réciter de mémoire le formulaire d'emprunt. Le catalogue était assez riche pour qu'il réussisse sa première année sans jamais se rendre dans les bibliothèques d'Uppsala, terrifiantes forteresses imprenables, sièges de traditions poussiéreuses, où on le regardait avec condescendance lorsqu'il ne comprenait pas le système de prêts ou l'organisation des salles de lecture.

Sa bibliothèque à lui dépendait du centre culturel municipal, qui comprenait aussi le cinéma et la salle polyvalente. Le bâtiment avait été construit dans les années 1960, au bord d'une rivière qui partait vers la campagne, au bout de la grande rue de la ville, où se trouvaient les rares immeubles 1900. La rue montait ensuite sur un esker d'où une vieille église surplombait les toits de la ville. Il aimait s'enfoncer dans les fauteuils de la section adultes, de solides fauteuils en acier aux dossiers bleu de cobalt, et feuilleter les livres pris dans les rayons.

Rapidement, il avait délaissé la section jeunesse, les bandes dessinées, les jeux d'échecs et les étagères basses, pour se faufiler dans celle des adultes, dont les longues étagères s'étiraient d'est en ouest, comme la nef d'une cathédrale. Des allées secondaires partaient de cette artère principale et les alignements compacts de leurs livres lui paraissaient infinis. Chaque allée se terminait par une vitre allant du sol au plafond, devant laquelle on avait placé un fauteuil en acier. Il aimait particulièrement celui qui surplombait la rivière et le parc désert où les branches sinistres des arbres étaient alourdies, l'hiver, par une couche de neige et où des congères se formaient à moins d'un mètre de lui, de l'autre côté de la vitre.

Un ronronnement électrique s'échappait du bureau des prêts, un bruit apaisant qui enveloppait les bibliothécaires, éclairées par des plafonniers en forme de demi-globe. C'étaient des femmes discrètes et douces, qui inspiraient le respect. Elles ne manquaient jamais de faire un commentaire sur les livres qu'il empruntait, tout en photocopiant sa carte d'adhérent qu'elles remettaient soigneusement, avec la petite fiche rose, dans la pochette à la dernière page du livre. Elles tamponnaient ensuite la date limite de retour, en bas d'une colonne de dates plus anciennes, souvent de plusieurs années. Chaque fiche pouvait servir à d'autres livres, bien sûr. Pour envoyer au besoin un message de rappel, elles en faisaient une copie avec une machine qui émettait un étrange bourdonnement, puis la posaient sur un tas d'autres fiches, au milieu de trombones, de classeurs et de boîtes impeccablement rangées. Il était quelques fois tombé sur des exemplaires où la date de retour était directement tamponnée sur un carton, attaché au livre. C'était longtemps avant l'automatisation du système et les dates étaient encore plus anciennes que sur les fiches volantes. Une fois, sur une vieille édition de *La Sonate à Kreutzer*, il avait trouvé une date qui remontait à la fin des années 1950.

Son imagination se perdait à l'idée de toutes les mains qui avaient ouvert et fermé ce livre, aux yeux – peut-être aujourd'hui à jamais clos – qui avaient lu, avant lui, ces mêmes mots suggestifs (« *c'était la saison où les ornières tranchaient sur les chemins brillants de pluie* ») dont la force l'avait ébloui. Ces mots s'étaient imprimés à l'intérieur de ses paupières, avec le même éclair que la photocopieuse enregistrant sa carte de membre. Ils se mêlaient aux titres, aux auteurs, aux dates, en un écheveau de fils serrés, fragile comme une toile d'araignée.

Les soirs d'hiver, quand sa sacoche était lourde de livres, des milliers d'étoiles ponctuaient le ciel comme des têtes d'épingle et la buée de son haleine formait une auréole ; au printemps, un merle chantait au loin, près de la rivière, et quelques voitures traversaient la lumière grêle ; les soirs d'automne étaient tantôt secs et embrasés, tantôt humides, avec une lointaine odeur de pourriture et de nostalgie. Et chaque après-midi, chaque soir où il sortait du long bâtiment blanc, emportant des livres passés avant lui de main en main, des mots lus des centaines, des milliers, peut-être des millions de fois, le monde au-dehors semblait avoir changé de forme, comme coulé dans un nouveau moule.

À Stockholm, sous les hauts plafonds de la salle quatre de la bibliothèque, quelques visiteurs sont confortablement affalés dans leurs fauteuils. Les jambes étendues, main au menton, accoudés à la surface noircie des tables, ils ne craignent pas d'être approchés par un inconnu. Certains feuillettent distraitement un ouvrage, d'autres sont plongés dans leur travail. De son côté, il parcourt un livre en jetant des coups d'œil par-dessus son épaule. Un sentiment d'inquiétude le traverse. Un des visiteurs lui semble familier : un homme ratatiné, dans un manteau noir, comme un corbeau, qui prend des notes sur un carnet.

Il l'observe, le plus discrètement possible, mais ne voit que son dos et ne saurait dire d'où il le connaît, ni même s'il l'a vraiment déjà vu. Les cheveux hirsutes, grisonnants sur les tempes, sont trop longs pour faire branché, pas assez courts pour faire soigné. Il se tient étrangement : malgré sa taille imposante, il n'a pas déplié ses jambes, contrairement aux autres lecteurs, mais s'est recroquevillé, renfermé sur lui-même, comme s'il voulait minimiser son propre volume dans l'espace et, partant, sa surface d'exposition aux regards qu'il imagine posés sur lui.

Pour avoir un meilleur point de vue, il repose le livre et avance d'un pas décidé vers le fond de la salle, en faisant mine de chercher quelque chose. Sur le mur, une immense tapisserie installée lors de la construction de la bibliothèque représente des paysages orientaux et des scènes carnavalesques pleines de formes et de couleurs dont le temps et la lumière ont terni l'éclat. En la regardant, il sent presque la poussière lui chatouiller les narines. Il attrape un ouvrage sur un architecte japonais, seul nom qui lui est familier dans le rayon, et commence à lire, l'épaule appuyée à la bibliothèque, de façon à guetter le visage de l'homme au carnet.

Assis au deuxième rang, celui-ci ne cesse d'écrire sur une espèce de cahier d'écolier à couverture bariolée, dont les lignes sont adaptées aux enfants qui apprennent à écrire. Le premier cahier de son fils lui revient en mémoire, les premières pages d'écriture, anguleuse, mal assurée – à l'époque seulement des majuscules –, les mots sans espaces ni ponctuation, comme un manuscrit en grec ancien, une procession de lettres parcourant un long rouleau d'écriture en un mouvement perpétuel, un flux, un roulis de vagues déferlant sur une mer invisible, loin des frontières du parchemin, une mer sans début ni milieu ni fin.

Il ne s'attendait pas que l'homme lève sur lui ses yeux pénétrants, bleu clair, presque gris, et fixe le recoin où il se tient. Impossible de cacher sa propre curiosité. Ses pensées se mettent en mouvement, elles s'accrochent à ces yeux glacés qu'il ne connaît que trop bien. Il ne peut se détourner de ce visage à la fois familier et étranger, de ces joues creusées, cette barbe mal entretenue, ces cernes, ce front bombé et plus haut qu'autrefois.

Leurs regards se croisent brièvement mais cette seconde suffit à lever toute équivoque. Il paraît pourtant impossible que ce soit Thomas, assis à quelques mètres de lui, avec ses yeux bleus désemparés ou plutôt désintéressés, pour ne pas dire indifférents. Rien chez lui ne semble montrer qu'il l'aurait reconnu. Il n'exprime rien, sinon peut-être l'agacement d'avoir été surpris et dérangé dans son travail.

Il repose avec précaution l'ouvrage sur l'architecture japonaise, s'éloigne des tables en rasant les rayons et regagne rapidement la salle principale, d'où l'homme au menton est entre-temps parti. Il continue à travers l'immense rotonde déserte et descend les escaliers de la crypte, jusqu'aux portes à tambour, étroites et angoissantes. Il s'arrête. Il n'a pas le temps de penser, pris d'une impulsion irrépressible, aveuglé par une violente lumière, comme si un mur s'était soudain dressé devant lui pour l'empêcher d'avancer. Les portes ont explosé, une nuée d'animaux se rue vers lui et le force à reculer. Toute la faune de la ville est là : des lapins bondissants, des rats, des souris, des milliers d'oiseaux qui piaillent, des merles et des pigeons battant follement des ailes, des hérissons et même un renard qui s'est glissé dans cette meute dont les membres s'emmêlent et se confondent en une main tour à tour grise, brune et noire, qui l'attrape du bout des doigts et le force à retourner au café où il s'assoit, pour essayer de se calmer et de reprendre son souffle. Ses yeux fixent la porte d'entrée. La meute bruissante se disperse à travers les escaliers et les recoins de la bibliothèque.

Les images de sa mémoire sont impitoyablement broyées. Le visage qu'il vient de voir se déchire en lambeaux et s'éparpille aux quatre vents. Il ne distingue plus les contours de cet homme-corbeau, là-haut, gris, fripé et incroyablement triste. Mais derrière cette image évaporée, sous le masque sans vie, ressort le visage aux yeux bleus qu'il a admiré autrefois, peut-être même aimé, et dont les traits se détachent maintenant avec précision : celui de Thomas, tel qu'il avait toujours été et qu'il serait toujours.

Pour chasser cette caricature de ses pensées, il s'assoit à une place stratégique, avec vue sur la grande porte et sur le café qu'il faut traverser pour aller de la rotonde à l'entrée. Il observe le flot de visiteurs, ces visages creusés qui pénètrent dans le sanctuaire de la bibliothèque et d'autres, épuisés, qui retournent au monde extérieur. Quelle force indomptable a pris possession de lui ? Pourquoi ne peut-il quitter des yeux ces entrées et ces sorties ? Il devrait déjà être loin, il devrait être en train d'acheter cette paire de gants, de courir vers l'école pour arriver à temps à la pause déjeuner.

« Les tables sont réservées aux clients du café, interrompt la voix rauque et nonchalante du serveur qui essuie les tables avec un torchon puant.

– Ah bon ? » répond-il distraitement.

Il regarde le jeune homme puis fixe à nouveau la sortie et la crypte.

« Je vais prendre un petit café, alors.

– C'est service au bar, répond l'autre presque sans le regarder, avant de traîner les pieds jusqu'à une vitrine pleine de pâtisseries industrielles et de sandwichs ramollis.

– Je m'en doutais… » murmure-t-il pour lui-même.

Il se lève et vérifie dans sa poche qu'il a de la monnaie. Sans perdre de vue le flot de visiteurs, il répète sa commande. Le serveur, d'une incroyable lenteur, se met à tripoter son percolateur. Pour l'heure, rien ne saurait le déconcentrer.

« Ça fait dix-huit couronnes[1] pour le petit café », dit le serveur d'une voix éteinte, toujours sans le regarder, et en insistant sur le mot *petit*.

Il pose la tasse sur la soucoupe. Son visage n'exprime rien.

« Dix-huit couronnes ? »

Il met un billet de vingt dans la main tendue du serveur et se dépêche de retourner à sa place – restée libre – tandis que l'autre crie :

« Je vous dois deux couronnes !

– Gardez-les », lance-t-il en fixant toujours la sortie de la crypte.

Le Café Storken, à Uppsala. Leurs après-midi à ingurgiter des litres de café imbuvable, parce que le service était à volonté et que les canapés étaient confortables. En face de lui, Thomas, dans sa veste déformée, s'asseyait avec nonchalance sur une chaise des années 1930, les jambes croisées, balançant son pied en signe d'ennui. Lui-même, enfoncé dans le canapé qui semblait vouloir l'engloutir, ou du moins le retenir, allumait une nouvelle

1. Environ 2 euros. (*N.d.T.*)

cigarette qui lui laisserait la bouche transie et la gorge sèche.

La lumière étouffée de l'après-midi pénétrait à travers les rideaux trop fins, ternes et poussiéreux. Il faudrait bientôt allumer les appliques et les chandeliers bon marché, dont les reflets joueraient sur les murs et le plafond. Un type, parfois, s'asseyait devant le vieux piano noir, dans un coin, pour les bercer d'un air de jazz. À cette époque, il avait le visage jauni par la nicotine et les cheveux sales, déjà gris aux tempes. Il portait des pantalons à pinces et s'asseyait toujours à la même table, pour boire du café.

Thomas regardait autour de lui en souriant, il écartait son éternelle mèche de son œil gauche et la coinçait derrière son oreille. Souvent, une pile de livres sur la table basse les séparait. Thomas portait sur l'un d'eux un jugement implacable, suivi d'un silence, et dans ces moments-là, le murmure diffus du café devenait gênant, irritant, comme une radio mal réglée ou une lampe grésillante. Il pénétrait votre conscience et dérangeait vos réflexions, il en ternissait l'éclat.

Les premiers soirs d'hiver étaient beaux et douloureux, ils dessinaient à l'horizon des traînées rouges et roses. Un bleu profond se posait sur les branches nues du jardin anglais, qui se laissaient briser par le vent, comme si elles craignaient qu'un hiver sans neige ne les dessèche et ne les empêche de bourgeonner. Ils marchaient le long du cimetière, laissant derrière eux la bibliothèque de l'université et les arbres désolés du jardin. Un soir, soudain, Thomas se tourna vers lui et dit d'une voix neutre :

« Je vais quitter l'université. Je ne reviendrai pas. »

Lui-même fumait, comme toujours, et le bout de sa cigarette formait un point lumineux dans la nuit qui s'épaississait. Il avait dû dire quelque chose juste avant mais ces paroles paraissaient sans importance désormais, et retombaient sur le sol gelé, comme une poignée de gravier jetée en l'air.

« Comment ça ? » articula-t-il.

Il aurait voulu s'arrêter mais Thomas maintenait le rythme. Ses grandes jambes avaient toujours une longueur d'avance.

« Je m'en vais, je pars, je n'en peux plus. Bon sang, je ne peux pas rester ici à faire des études avec tout ce qui se passe dans le monde !

– Comment ça, *tout ce qui se passe* ?

– Tu comprends ce que je veux dire. »

Thomas fixait l'horizon. Il tourna vers lui ses yeux bleus, un peu de biais, comme il le faisait toujours, en esquissant un sourire mystérieux.

« Je t'enverrai une carte postale.

– Trop aimable. »

Amer, il jeta son mégot qui ricocha sur le mur du cimetière. Les brins de tabac firent un petit feu d'artifice.

« Donc tu me laisses ici avec tous ces abrutis ? »

Thomas lui adressa un sourire complaisant, peut-être même affectueux, difficile à dire dans cette lumière de fin d'après-midi. C'était le moment de grâce où les réverbères s'allumaient tous en même temps et où les dernières ambitions du jour s'envolaient en un mince nuage. Les promesses du crépuscule bourdonnaient comme des insectes et la faculté de compréhension se manifestait, au mieux, sous la forme d'un battement dans la poitrine, calme et rassurant. La soirée serait tranquille, on lirait bientôt au fond d'un fauteuil, en buvant du mauvais vin, un paquet de cigarettes à portée de main.

Thomas avait passé son bras autour de ses épaules. Cela l'avait surpris. Jamais encore ils ne s'étaient touchés, jamais intentionnellement. Ils se serraient la main, échangeaient une accolade tout au plus. Mais voilà que le bras de Thomas, long et nerveux sous la manche de son manteau à carreaux, était venu se poser sur lui et l'accompagnait dans sa marche.

« Tu vas me manquer », murmura-t-il.

Ce geste était donc plus qu'une marque d'affection, il prenait des allures d'aveu.

Quelques minutes passèrent, quelques secondes peut-être, puis Thomas laissa son bras retomber, lui tapota le dos et remit sa main dans la poche de son manteau trop grand. Il ne portait jamais de gants – il trouvait cela inutile. Pourquoi aurait-on inventé les poches de manteau, autrement ? – et gardait toujours un carnet et un crayon sur lui, au cas où il aurait eu quelque chose d'intéressant à noter.

Thomas expliqua qu'il se libérerait peu à peu de ses engagements, rendrait sa chambre à la fin du semestre puis plierait bagage sans laisser d'adresse. Il disait qu'il n'avait pas de but précis. Plus tard, un ami commun lui apprit que Thomas avait postulé dans plusieurs universités étrangères, dont certaines avaient répondu favorablement. De quoi vivait-il ? C'était un mystère. Ses parents avaient pris leur retraite jeunes et gagnaient tout juste de quoi se payer des vacances en camping-car.

Les images déferlent sur lui, rapidement, dans le désordre, comme un château de cartes qui s'écroule : son visage pâle à côté de celui de Thomas, bronzé, sur la plage, la photo de classe de cinquième, en veste noire et chemise boutonnée jusqu'au cou, le chemin pour rentrer de l'école, les promenades à vélo, les livres, le départ pour Uppsala. Et puis, en arrière-plan, l'admiration malsaine – oui, c'est le mot – qu'il avait eue pour Thomas depuis le premier jour où il l'avait rencontré à l'école primaire, la supériorité avec laquelle Thomas l'avait traité. Mais il ne s'agissait peut-être que de fragments mensongers qui lui revenaient du passé.

Sans doute leur relation était-elle déséquilibrée depuis le début. En tout cas, ils avaient eu besoin l'un de l'autre et le lien qui les unissait était plus fort que les nombreux avantages que Thomas avait sur lui. Leur amitié avait été constante, leur loyauté inébranlable, du moins en apparence. Thomas avait toujours eu un côté sombre, froid et cynique. Plus tard, il avait compris que cette amertume, cette distance au monde, qui s'était manifestée très tôt, pouvait être liée à son enfance et que la vivacité, la fulgurance de son intelligence n'avait pas suffi à compenser cette part obscure. Thomas était doué, il avait une grande intuition artistique, à laquelle il accordait trop peu d'importance. Il traitait ses dons – la musique, le dessin, les langues étrangères, une prodigieuse capacité d'analyse – avec nonchalance et préférait consacrer son temps à jouer au tennis, sport où il obtenait des résultats médiocres et qui ruinait ses parents.

Bien sûr, il n'était jamais revenu. Il avait envoyé quelques cartes postales, comme promis, impersonnelles, sarcastiques, citant des auteurs misanthropes ou nihilistes, des phrases qu'on entendait un peu partout à Uppsala à cette époque et qui avaient dû le marquer. Le dernier signe de vie qu'il avait envoyé était une carte postale pornographique, expédiée de Trieste. Le texte citait Cioran ou Bataille, quelque chose sur la corruption de la chair. Il n'avait pas gardé la carte postale, ne l'avait pas ajoutée à sa collection dans l'entrée. Le texte, comme l'image, lui avait semblé sans intérêt et il l'avait jetée après un rapide coup d'œil à la photo : une femme aux seins nus, les cheveux permanentés tenus par un bandana en coton, allongée dans une pose lascive, la bouche entrouverte. Elle tenait d'une main une raquette de tennis et dévoilait de l'autre son sexe rasé sous sa jupe blanche. Il n'avait pu s'empêcher de regarder cette partie, avec un mélange de désir, de honte et de dégoût, ce qui était exactement l'effet recherché par Thomas. L'intention était évidente et la référence au tennis froidement calculée. Cette carte l'avait rempli de chagrin et avait définitivement scellé la fin de leur amitié.

Ainsi, la plus longue relation intime qu'il avait eue avec un être humain s'était-elle achevée sur une carte postale cynique, tombée comme un couperet. Avec les années, il y avait de moins en moins pensé. Parfois, Thomas lui revenait en mémoire, lorsqu'il retrouvait un de leurs amis d'Uppsala, depuis longtemps perdu de vue. Le reste du temps, cette figure solaire n'était plus qu'une ombre dans sa mémoire, une ombre qui marchait aux côtés de la sienne, plus grande, plus souple et plus belle, qui dansait devant lui, intouchable. Et chaque fois qu'il allongeait le pas, l'ombre accélérait à son tour et s'éloignait en se moquant de lui. Elle ne cessait jamais de former devant lui cette figure plus ou moins nette sur le sol.

Son café a refroidi. Il verse le sachet de sucre pour le rendre buvable. Après tout, il ne va pas laisser une boisson qu'il a payée dix-huit couronnes, vingt couronnes même. La mère de son fils, elle, n'hésite pas à laisser son assiette quand elle ne la juge pas à son goût et c'est entre eux un sujet constant de dispute, en particulier quand il s'agit de l'éducation de leur fils, car il considère qu'on doit toujours finir ce qu'on vous a servi. Il remue le sucre en faisant cliqueter sa cuillère, avale le fond du café avec une grimace, puis repose la tasse sur la soucoupe sale.

Il sursaute. L'ombre courbée vient de sortir de la crypte et de passer devant lui, elle se dirige à présent vers la sortie de la bibliothèque. Il se lève pour la suivre à travers la galerie sombre, jusqu'aux portes à tambour. Thomas va sortir et il pourra l'accoster. Mais quelque chose le retient. Thomas descend d'un pas hésitant les grandes marches qui relient la rue et l'entrée sinistre du bâtiment, tenant la rampe d'une main et dans l'autre un sac en plastique blanc où doit se trouver le mince carnet sur lequel il écrivait tout à l'heure, et qui se balance au vent. Lorsque la silhouette grise s'enfonce dans la fourmilière de l'avenue Sveavägen, l'excitation cède le pas à une immense résignation. D'un coup, il ne veut plus rien savoir de cette apparition boiteuse et hirsute, ça ne l'intéresse plus. L'ombre a longé le mur jaune délavé et disparu dans la foule, sur le trottoir. Quelque chose l'attire encore… Comme un grand navire, l'ombre a creusé un sillon et emporté derrière elle les coques de noix, les nids d'oiseaux et les branches d'arbres, menaçant de les engloutir.

Il franchit les portes et descend les longues marches inclinées de la bibliothèque. Une seule idée habite ses pensées : se dépêcher d'acheter les gants et les déposer dans le casier de son fils avant la pause déjeuner. Mais un rapide coup d'œil à son téléphone lui indique qu'il a encore le temps de suivre Thomas.

Lorsqu'il tourne à l'angle de la rue, la figure dégingandée a déjà disparu. Il passe rapidement devant le McDonald's et jette un œil en bas de la colline de l'observatoire. Les feuilles mortes ont depuis longtemps remplacé l'eau du bassin, devenu un refuge pour tous les animaux de la ville : les souris, les hérissons et bien sûr les rats, habituellement terrés en haut de la colline, qui peuvent à présent guetter les poubelles des restaurants en se cachant parmi les feuilles ramenées par le vent d'automne. Deux rangées d'arbres aux branches dénudées trônent de part et d'autre du bassin. Les feuilles se détachent une à une et suivent en vacillant leur course aléatoire.

Autour du bassin, nulle trace de la silhouette de Thomas. Il se retourne et l'aperçoit à travers la vitre d'un fast-food, faisant la queue à la caisse. Il entre, la tête dans les épaules, profitant d'un client qui lui tient la porte et à qui il murmure un vague merci. Thomas vient de payer, il se dirige vers une table à côté de l'entrée où trois autres personnes sont en pleine conversation. Caché derrière un pilier, il attend que Thomas soit assis, le dos à la caisse, pour aller chercher un café.

Les trois personnes se sont arrêtées de parler quand Thomas s'est assis. L'un d'eux, un homme mince, en costume sombre et lunettes fumées cerclées d'acier, attrape un vieux téléphone sur lequel il tape fiévreusement un numéro, avant de le porter à son oreille. Les deux autres, deux femmes, sont assises face à face, parallèlement à la caisse. Elles se taisent, elles aussi, et pianotent sur leurs téléphones – des modèles plus récents. Elles envoient des messages, regardent les réseaux sociaux, jouent à un jeu peut-être. Difficile, depuis la caisse, de deviner l'âge de ces femmes, sans doute plus vieilles que leur apparence. Thomas boit son café auprès de ces gens détendus et indifférents.

« Pour cinq couronnes de plus, vous avez la formule avec la tarte ou le beignet. »

Il sursaute au son de cette voix bizarrement éraillée, derrière la caisse.

« Non merci.

– Sinon, pour trois couronnes, vous avez le café XL. »

Le serveur est un garçon fluet, qui n'a pas fini de muer. Son visage est criblé d'acné, il le regarde avec nonchalance, tout en débitant son boniment.

« Non, un petit café, c'est très bien.

– Désirerez-vous du lait ou du sucre ?

– Non, merci.

– Je vous souhaite une excellente journée, monsieur. »

Le ton est obséquieux, anachronique, inadapté à l'endroit et au moment. Une immense vague de mélancolie et de résignation s'abat sur lui. Un torrent noir et massif entre par la porte et déferle dans le restaurant, emportant tout sur son passage. Une muraille d'eau s'écrase sur les caisses avec une force aveugle, projetant autour d'elle les tables, les chaises, les poubelles et les plateaux, menaçant de le frapper de plein fouet lui aussi, et de l'envoyer valdinguer, impuissant, sur les friteuses et les plaques chauffantes. Mais il reste là, ferme un instant les yeux et les rouvre aussitôt.

« Merci », dit-il.

Le gobelet en carton est brûlant, mais une bague en papier aux cannelures rugueuses rend cette chaleur agréable.

Il se glisse jusqu'à une table de bar, le long d'une fenêtre qui donne sur le bassin vide. D'ici, il peut observer la table où Thomas boit son café, le même que le sien, le plus petit, le moins cher. L'homme au costume, toujours plongé dans sa conversation, fait un signe de tête à Thomas puis baisse ses lunettes de soleil et lève les sourcils en lui adressant un regard lourd de sens. Ses grands yeux tristes le transpercent. Puis il raccroche et fait à nouveau signe à Thomas qui se lève en écrasant son gobelet dans sa main. L'homme l'attrape alors par l'avant-bras, d'un mouvement rapide, catégorique, comme un caprice. Il murmure quelque chose, une longue réplique, les dents serrées, tient quelques secondes encore le bras de Thomas et le relâche en le secouant un peu avant de lui indiquer la sortie à côté du comptoir. Thomas hoche la tête, l'air absent. Il reprend son sac en plastique, s'attarde un moment devant une poubelle dans laquelle il jette son gobelet, puis traverse la salle en direction de la sortie. La porte claque derrière lui. Dehors, la terrasse de la chaîne de fast-food est déserte, étouffée par la lumière mate de l'automne.

Thomas s'avance dans la matinée grise, il se dirige vers le bassin, s'arrête un instant, les mains derrière le dos. Son sac en plastique se balance toujours au bout de ses doigts. De toute évidence, il attend quelqu'un. Très vite, une autre silhouette apparaît et se précipite pour lui serrer énergiquement la main. Autour du grand rectangle, la lumière semble déséquilibrée, le soleil derrière les nuages brille moins fort que ses propres reflets sur le sol, sur le béton nu. Les deux silhouettes se détachent sur le fond clair du bassin, comme des ombres chinoises.

De là où il est, il distingue leurs expressions. La conversation n'a rien d'amical, ce serait même plutôt une dispute. Malgré les reflets agaçants sur la vitre, il voit soudain quelque chose briller, un objet long et fin, que l'homme remet immédiatement dans la poche de son manteau. L'homme ne cesse d'agiter sa grosse main sale, aux ongles jaunis, comme les sabots d'un cheval. Son poing s'ouvre et se referme, continuellement, tel un cœur qui bat. Puis le rythme s'interrompt, sa main part en avant et s'arrête à quelques centimètres du menton de Thomas qui n'a même pas le temps de reculer ou de faire un pas de côté, qui reste là, stupéfait, le poing fermé de l'autre sous son visage. L'image s'arrête un instant puis Thomas réagit : d'un geste lent et incroyablement maladroit, il tente d'écarter le poing de l'homme, qui lui donne un grand coup sur la main avant de remettre la sienne dans la poche de son manteau.

Voyant le métal scintiller à nouveau, il est sur le point de descendre de son tabouret de bar. Mais au même instant, la porte du restaurant claque à côté de lui. En une seconde, l'homme au costume s'est faufilé sur la terrasse avec l'agilité d'un prédateur. Il se dirige vers les deux autres, attrape l'homme au manteau par le bras, le prend à part, gueule toute sa colère. Tout se passe très vite. L'homme au costume a de la salive au coin des lèvres, son autorité en impose. L'autre en reste pétrifié, il détourne la tête, comme s'il avait affaire à quelqu'un qui a mauvaise haleine. Thomas en a profité pour s'éloigner, il est maintenant dos à la vitre du restaurant, à seulement quelques mètres de lui. L'homme au costume a terminé sa remontrance. Il lâche brusquement sa proie et revient vers le restaurant.

L'homme du bassin, immobile, continue à battre la mesure au rythme de son cœur, serrant et desserrant les poings, et suit du coin de l'œil l'homme au costume. Quant à Thomas, il a déjà quitté l'endroit, il longe à présent le bassin et se dirige vers le métro, avec en toile de fond le mur ocre de l'école de commerce et son dôme. Il a l'air insouciant, son sac en plastique toujours au bout du bras. Il accélère par moments, il sursaute. L'homme au manteau continue de le regarder, puis finit par hausser les épaules, relever son col et repartir vers la bibliothèque. La silhouette éphémère de Thomas disparaît dans le lointain, au-delà de l'abri en béton et des murs du parc. Il ne le suivra pas.

Il regarde l'heure sur son téléphone : il n'est pas en avance. La matinée touche à sa fin. Une foule pressée a envahi la salle du restaurant – lycéens qui sèchent les cours, étudiants, retraités, artisans, tous ceux qui déjeunent tôt – et fait déjà la queue aux caisses. Il se presse parmi eux, les bouscule en s'excusant à moitié et ne peut s'empêcher de jeter un dernier coup d'œil à l'homme au costume, plongé dans une nouvelle conversation téléphonique, à quelques mètres de lui. Les lunettes de soleil sur le front, l'homme fixe le vide, puis ses yeux limpides et tristes plongent dans les siens avec une telle force qu'il en reste paralysé, comme s'ils lui adressaient un message muet et pourtant clair, qui le pénètre de toutes ses contradictions, jusqu'au vertige. Un message violent, menaçant, et à la fois émancipateur, apaisant, qui annonce le repos, la fin des responsabilités. Cela dure le temps d'un regard puis l'homme cligne des yeux et penche la tête en arrière, tout en continuant d'écouter au bout du fil le monologue de son interlocuteur, porté par les ondes microscopiques qui envahissent la salle et qui les traversent, eux aussi, sans qu'ils les perçoivent ni les saisissent.

Il sort du café. Dehors, une bruine de plus en plus dense tombe d'une chape de nuages gris. Il presse le pas, décidé à prendre le raccourci par la bibliothèque, remonte la pente et repasse les portes à tambour. Dans le café, le serveur flegmatique est toujours là. Le dos tourné, il lit un journal déplié sur l'évier.

Il en est sûr maintenant : il lui faut immédiatement retourner à ce qu'il possède et cesser cette errance parmi les souvenirs et les ombres équivoques, ce rêve éveillé qui lui donne la nausée. Ce qu'il vient de voir l'en a convaincu. Il est décidé à retourner auprès de l'enfant, auprès de ce qui lui reste, son unique socle. Et cette résolution le pousse à tout envoyer valser autour de lui. Il accélère encore et, au coin du couloir, tombe sur un jeune garçon qui lit une affiche sur le mur près des toilettes. Il le bouscule, il croit sentir la manche de son vêtement, peut-être même son corps osseux. Il l'écarte comme on écarterait une branche sur un chemin trop étroit.

« Pardon », dit-il irrité, en continuant sa course.

Il aurait pu ralentir ou le contourner, plutôt que de le percuter inutilement. Mais la vue de ce corps, planté là, errant sans but, lui barrant la route, a provoqué en lui une espèce de surtension électrique, comme si quelque chose était sur le point de déborder. Il a besoin de cette confrontation, il la souhaite. Elle lui donne de la force, elle accélère la montée d'adrénaline provoquée par la décision d'aller acheter les gants et de les amener à l'école en un temps record. Le sang rugit dans ses veines, il repousse la forme tassée du jeune garçon, peut-être même le frappe-t-il, brusquement mais pas violemment. Ses muscles sont prêts à exploser d'une colère beaucoup plus grande.

Le garçon sursaute et se retourne. Ses grands yeux affichent une peur presque terrifiante, une peur soumise. Le visage est déformé, des paquets de cheveux tombent de son crâne noduleux.

« Pa… par… pardon », bredouille-t-il.

Le garçon ne cligne pas des yeux mais ses paupières tremblent, mécaniquement. Dans son vieux jean délavé et son sweat bordeaux beaucoup trop grand, il affiche une telle impuissance, une telle vulnérabilité, que sa colère, bouillonnante un instant plus tôt, se dissipe.

Il voudrait s'expliquer, dire qu'il est désolé, mais le garçon est déjà parti pleurer près de l'entrée du café, d'où une voix de femme crie :

« Mais, Markus, qu'est-ce qu'il y a ? Qu'est-ce qu'il s'est passé ? »

Ces mots tombent au fond de lui comme un poids, lourds et glacés, ils lui disent de fuir, sur-le-champ. La peur triomphe de la honte. Il repart vers la sortie, courant presque, passant devant le café d'où s'échappent les sanglots de plus en plus forts du garçon. Mais au lieu d'aller présenter ses excuses, il se précipite à travers le hall, dépasse les étagères de magazines et de livres audio et franchit les portes par lesquelles il est entré une demi-heure plus tôt.

La pluie a alourdi l'air. De lourdes masses grises et blanches passent sur les toits de Norrtull, perçant par endroits des entailles bleues dans le ciel accidenté. Il prend une grande inspiration pour se libérer du nœud qui remonte de sa poitrine à sa gorge et à ses yeux qu'il essuie de l'index.

« Les enfants, c'est ce qu'il y a de plus important au monde », avait dit sa mère quand le garçon était né, quand elle avait tenu pour la première fois la petite larve sans défense et l'avait bercée dans ses bras. Ou peut-être l'avait-elle dit plus tard ? Elle le répétait souvent, en tout cas, comme une prière ou un vœu qui ne se réalise que s'il est suffisamment formulé. Mais ce n'étaient que des mots tout ça, de vaines paroles. Et si sa mère pouvait le voir aujourd'hui, à travers cette fente bleue, elle verrait une silhouette courir à travers la bruine, le long de la bibliothèque, sur la place déserte. Elle le verrait passer devant le fleuriste chez qui elle achetait toujours les bouquets pour les anniversaires, les fêtes, les mariages, il y a si longtemps… Elle le verrait aussi parmi ces corps ratatinés à l'entrée du supermarché, ces individus mystérieux dont l'arrivée en ville avait fait tant de bruit quelques années plus tôt. Lui-même avait dû expliquer à son fils qui étaient ces gens et pourquoi ils mendiaient. La plupart du temps, il posait une pièce dans le gobelet en carton qu'on lui tendait. Son fils aussi donnait quelque chose, en tout cas au début car, par la suite, il avait complètement refusé. De son côté, il s'efforçait toujours de dire bonjour et de les regarder dans les yeux, depuis qu'on lui avait dit un jour que c'était le moins qu'on pouvait faire : les regarder, confirmer leur existence d'un regard ou d'un mot, même si cela ne changeait rien, même si cela l'emplissait d'un profond sentiment de défaite.

Dans le village où s'écroule maintenant la maison de son grand-père, ces gens-là constituent la moitié de la population : mêmes jupes à fleurs et à petits nœuds, mêmes vestes sales, mêmes tricots démodés, mêmes cabas en plastique. Ils y étaient allés, l'été dernier, avec son fils. Un après-midi où ils mangeaient dans la rue des esquimaux dégoulinants, une jeune femme aux traits secs, un sac à carreaux sur l'épaule, les avait abordés avec un fort accent, pour demander une cigarette.

« Hep. T'as pas une clope s'teuplaît ? »

Elle le regardait par en dessous, de ses yeux suppliants. Il sortit une cigarette de son paquet et elle brandit deux doigts osseux.

« Deux ! S'teuplaît ! Deux clopes ! »

Il lui en donna quatre et elle fit une petite révérence avant d'aller traîner ses basques un peu plus loin, où elle avait aperçu quelqu'un qu'elle connaissait.

« Oh Rózsika, Rózsi, pétasse, t'étais où ? » gueula-t-elle d'une voix grinçante.

L'enfant resta pétrifié, la glace fondait dans sa main.

« Qu'est-ce qu'elle a dit ? » demanda-t-il.

Il se contenta de hocher la tête en riant.

« C'est des gros mots. »

L'enfant fixa gravement les deux femmes qui se disputaient en s'éloignant sur la grande route, le long d'une rangée d'arbres fruitiers. Les branches de lilas fanés, les bougainvilliers et les jasmins s'enroulaient autour des grilles en fer forgé pour leur apporter un peu de fraîcheur.

« C'est pas bien de dire des gros mots. Elles devraient avoir une tirelire à gros mots, comme nous.

– Ahah, elles seraient drôlement riches alors ! Finis ta glace, ça va fondre. »

Ils entendirent une voix, un peu plus loin, à un arrêt de bus.

« Faut rien leur donner à ces gens. »

La femme avait une soixantaine d'années et tenait un vieux filet à provisions, elle était assise sur un banc en béton défoncé. Il haussa les épaules en signe d'excuse.

« D'où venez-vous ? demanda-t-elle.

– De Suède.

– Ah, je vois. Eh bien, maintenant qu'on est dans l'Union européenne, les Tziganes, c'est aussi votre problème. On partage tout. Mettez-vous ça dans la tête ! »

Il acquiesça, haussa une nouvelle fois les épaules et sourit en bafouillant : *nem értem*, je ne comprends pas. Puis ils repartirent par les petites rues qui montaient au village. Les vieux mouraient, les habitants partaient et les maisons se vidaient. Des gens plus jeunes les rachetaient et s'y installaient avec chiens et enfants pour y mener la même vie que leurs prédécesseurs, avec leurs baquets à lessive, leurs tas de bois et leurs sacs en plastique. Les fermes avaient de longues vérandas ombragées qui donnaient sur la rue. Dans l'une d'entre elles, un homme torse nu jouait de la guitare, allongé sur un matelas de plage. La chaleur de l'après-midi assourdissait sa complainte qui se mêlait aux stridulations des grillons et aux aboiements des chiens au loin, vers le cimetière peut-être.

Ils traversaient ensemble cette partie du village et l'enfant regardait, les yeux écarquillés, ces jardins anarchiques, pleins d'indolence et de paresse. Il marchait en fumant, saluant ici et là des gars du village que son père lui avait présentés autrefois et dont il confondait toujours les surnoms *Józsi bácsi, Jani bácsi, Gyuri bácsi.* Là-bas, son père soignait ses relations, peu importe d'où venaient les gens et quelle était leur histoire. C'était une chose qui lui restait de son enfance, même si son père, à table, pouvait aussi se lancer dans de terribles harangues sur la *question tzigane.* Aujourd'hui, la maison de son enfance s'effritait et n'était presque plus habitable. Les travaux coûteux, comme le changement des portes, des fenêtres et des meubles, étaient sans cesse repoussés et, quand il revenait, il dormait dans la seule pièce qui ne fût pas remplie de débris. Ici, il pouvait plaisanter tant qu'il voulait avec les passants, taquiner les quidams, les bricoleurs du dimanche et les filles qui allaient au village chercher leur petit ami. Dans les années 1960, vers l'heure du dîner, la rue offrait tout un spectacle que son père, profitant d'une pause dans ses travaux de jardinage, contemplait par-dessus la barrière. Il savait qui était qui, qui venait de s'installer, qui appartenait à la vieille garde du village et comment les conflits évoluaient entre les différentes familles.

Ils marchaient donc tous les deux, dans la chaleur de l'été, tandis que la mère du garçon se reposait à la piscine de l'hôtel. Cette *splendid isolation*, comme elle disait, était sa spécialité, même pendant les vacances en famille. Visiter le village ne l'avait d'ailleurs jamais intéressée. Elle n'en supportait ni la chaleur ni l'odeur, elle le leur laissait, à lui et au petit, et cela leur allait très bien. L'enfant semblait émerveillé par ce village poussiéreux, perdu au fond d'un vallon, et par ce long cimetière en pente douce où se balançaient des chênes et des noyers, parmi d'autres espèces importées. Le cimetière était la première chose qu'on voyait, lorsqu'on arrivait par le nord, avant même le clocher du village, et chaque fois qu'ils approchaient de ce long virage qui contournait la colline, il se sentait saisi d'une joie ambivalente, d'un sentiment de liberté, mêlé au sens du devoir. Car il n'avait d'autre raison de visiter cet endroit oublié du monde – *az isten háta mögött*, dans le dos de Dieu, aurait dit son père – que de voir la maison de son père et la terre de ses ancêtres, disparus depuis un temps qui lui paraissait chaque fois plus confus.

Ils s'arrêtaient devant la maison, au milieu de la circulation – la route qui traversait le village était très empruntée, de jour comme de nuit –, et tante Klári, vieille femme au dos voûté, apparaissait invariablement pour les saluer derrière sa grille couleur argent de l'autre côté de la rue. Son jardin était impeccablement tenu et brillait de mille éclats de fleurs et de légumes, même quand le temps était chaud et sec. Elle portait toujours un vieux foulard autour de la tête et ses gros bras étaient presque noirs, brûlés par le soleil. Lorsqu'elle les voyait arriver, ses yeux bleus s'emplissaient de larmes.

« Dieu soit loué ! Vous êtes là ! Combien de temps restez-vous ? Vous venez dîner ce soir ? »

Les mêmes phrases depuis qu'il était enfant et toujours les yeux baignés de larmes, le même ton monocorde pour raconter l'histoire d'un mari mort depuis des années d'un cancer, comme la plupart des hommes du village, imprégnés d'engrais et de pesticides au cours d'une vie de labeur dans les fermes collectives. Elle pleurait, puis s'essuyait dans un mouchoir qu'elle coinçait sous la manche d'une chemise à pois bleu foncé. Elle déroulait sa complainte, tandis que l'enfant faisait les cent pas en s'impatientant, et il lui fallait toujours inventer un prétexte – l'eau, l'électricité – pour s'échapper. Plus tard, il s'était demandé quel souvenir l'enfant garderait de ces moments. Peut-être le même sentiment aigu de nostalgie et d'abandon qu'il éprouvait lui-même.

À Odenplan, la boutique de vêtements vient d'ouvrir. Les vêtements bon marché sont étalés en désordre dans la vitrine. Il prend une grande inspiration, passe sous le rideau d'air chaud, traverse le rayon des femmes et descend au sous-sol vers celui des enfants, où les vêtements pendent serrés le long des murs et sur les présentoirs centraux. Un mur invisible sépare la pièce en deux, triant les vêtements selon un code couleur caricatural – le rose contre le bleu, le rouge contre le noir – auquel il s'est résigné depuis la naissance de son fils mais qui continue de le surprendre, plus qu'il ne le met en colère.

La question restait entière : qui avait pris cette décision et au nom de quoi ? Ce code couleur primitif était-il vraiment fondé sur des études de marché, des recherches cognitives, des hypothèses sur les comportements de consommation ? Il voit défiler la suite des événements qui ont conduit à ce schisme : des sourcils en broussailles qui se fronçaient lors d'un conseil d'administration, des tables à dessin, des agences de design, des ateliers de fabrication, des prototypes de différentes couleurs… Puis le fil rugueux remonte jusqu'aux champs de coton, en Asie centrale, jusqu'aux dos courbés sur lesquels grinçaient les lanières de cuir, le transport des matières premières dans des trains rouillés, les usines d'une zone franche dans un port d'Inde, le vrombissement des machines, le bouillonnement des cuves puantes, les mains décolorées qui sortaient les étoffes, les travailleurs pieds nus penchés sur des machines à coudre dans des hangars mal éclairés où des ventilateurs au plafond tournaient au ralenti, brassant l'air étouffant et les odeurs de tissu, de teinture et d'électricité. Et toujours ces corps voûtés, ces bras nerveux, la chaleur, la faible lumière d'un néon, la voix acre d'un contremaître qui résonnait entre les casernes, les couchettes trop étroites sur des matelas défoncés et finalement les vêtements aux couleurs criardes, soigneusement emballés et envoyés dans des porte-conteneurs qui reviendraient un jour, eux aussi, mourir sur cette côte en énormes tas de tôles, démantelés pièce par pièce, boulon par boulon, à la main, toujours à la main, comme la récolte du coton, comme la couture, comme l'empaquetage.

Le bac avec les gants se trouve au milieu de la pièce, sur la ligne de démarcation. D'ailleurs, les deux couleurs ont chacune leur côté : il a le choix entre un ensemble de deux paires de gants bleu et noir, qui lui semblent à la fois trop petits et trop épais, et un autre, rose et rouge. Il opte sans hésiter pour l'assortiment bleu et noir et se dirige vers les caisses. Un coup d'œil à son téléphone lui indique qu'il n'est pas encore en retard, mais qu'il ne doit pas traîner.

Derrière la caisse, une jeune femme attache des antivols sur des sous-vêtements satinés. L'étrange chaîne de production textile défile à nouveau sous ses yeux. Il y a quelque chose d'obscène dans la façon dont cette fille manipule ces petites culottes, enfonçant sans pitié ses ongles vernis dans le tissu à fleurs prétendûment haut de gamme. Absorbée par la montagne de sous-vêtements qui attendent d'être cruellement épinglés, elle a tout juste le temps de s'occuper de sa caisse. Il est pris d'un sentiment de dégoût et de désir au creux du ventre : sa main caresse les bords d'une culotte, son index glisse sur le satin, il sent la structure des poils. Au même moment, la douleur le reprend, à l'endroit précis où le médecin lui a dit qu'il n'y avait ni tumeur ni tache, pas même une ombre. Une aiguille le pique, une lance s'enfonce dans son flanc.

« Vingt-neuf couronnes quatre-vingt-dix. »

La vendeuse le regarde, l'air tendu, et tape la somme sur sa machine. Le paiement est rapide, efficace, il ne veut pas de reçu, il froisse le sac plastique et le glisse dans la poche de son manteau. La fille retourne à ses sous-vêtements et à ses antivols, tandis qu'il se précipite vers l'escalator pour remonter au rez-de-chaussée. La douleur continue d'appuyer sur sa poitrine, elle lui engourdit l'abdomen.

Dehors, le temps n'a pas changé. La pluie a simplement un peu faibli et les nuages filent vers le nord, par-dessus les toits luisants. Il ne sent pas les gouttes, seulement une légère bruine qui l'enveloppe, comme un nuage. Sur les dalles de béton, l'humidité dessine des motifs sombres qui guident son regard jusqu'à l'immeuble de la clinique. Et si elle était là, parmi toutes ces blouses bleues et blanches qui sortent en grelottant, elle, le docteur von Schmalensee ? Il pourrait aller à sa rencontre, bavarder avec elle. Elle paraissait sèche, fermée, strictement professionnelle, elle ne faisait pas de manières, n'exprimait ni enthousiasme ni lassitude, c'est vrai, mais il aurait voulu la remercier pour la précision de son examen. La bruine faiblit peu à peu et laisse à ses pieds de sinistres taches de plus en plus sombres. Les dalles semblent gorgées d'eau, les joints gris-noir ressortent, menaçants, tissant autour de lui un filet dont il ne peut s'échapper.

Il lance un regard à la femme assise par terre à côté du panneau publicitaire, devant la clinique, une très jeune femme. Elle tourne vers lui ses yeux gris, presque transparents, et il reconnaît cet éclat blanchâtre, ces pupilles comme des couteaux. Ses joues sont rougies par le froid, elle porte ses mains à sa bouche pour les réchauffer et il constate qu'elles sont rouges, elles aussi. Rouges et crevassées, gonflées, rugueuses, comme les mains d'une vieille paysanne.

Il sent dans sa poche le sac avec les gants, comme un cœur qui bat. Il a deux paires, il pourrait lui en donner une, même si ce sont des gants pour enfant. Cette femme lui est familière, il a déjà dû la voir, peut-être à la sortie du supermarché où il va quelques fois après l'école avec son fils. Il connaît ce regard, ce mouvement de tête. Entre elle et lui, il y a une affinité, sinon une relation, autre chose en tout cas qu'un rapport froid et anonyme.

L'horloge de l'église Gustav Vasa lui indique que la récréation est bientôt terminée. En se dépêchant, il peut encore arriver à temps pour retrouver son fils dans la cour de l'école, ce territoire où des enfants enfermés gravisssent en courant et en criant un grand escalier aux marches noircies, sans se préoccuper du reste du monde. Il y retrouverait son garçon qui, sans s'illuminer de joie, serait au moins surpris et se demanderait ce que son père fait là. Il lui tendrait la paire de gants et l'enfant présenterait ses mains froides et blanches, sorties de la poche de sa veste où elles étaient enfoncées tandis qu'il crapahutait avec son meilleur copain, un garçon hirsute au sweat-shirt trop grand et aux cheveux raides. Le copain resterait planté dans l'escalier à observer la scène : le père sortant les gants de l'emballage en plastique, le fils souriant enfin, le père demandant : « Noir ou bleu ? » et le garçon répondant : « Noir. » Et remarquant que le copain aussi a les mains dans les poches, il se tournerait vers lui pour demander : « Tu en veux une paire, toi aussi ? » et sous sa mèche blonde, le petit garçon secouerait la tête, timidement, et murmurerait : « Je ne porte jamais de gants ! » et son fils, très sérieux, ajouterait : « C'est vrai, papa, il ne porte *jamais* de gants ! » comme une chose sensationnelle, ce qu'était d'ailleurs ce garçon, sorte de surdoué, champion d'échecs, fou d'informatique et son refus de porter des gants s'inscrivait peut-être dans une vision plus générale du monde que lui-même ne pouvait pas comprendre car il avait depuis longtemps perdu ce regard sur les choses et qu'une fois perdu, il était impossible de le retrouver. Alors, il acquiescerait et dirait simplement : « D'accord, d'accord... » et les deux enfants se détourneraient de lui, reprendraient leur conversation sur la mise à jour de tel ou tel jeu vidéo dans lequel ils étaient absorbés, en remontant les larges marches jusqu'à l'entresol et lui, il resterait là, après avoir livré son colis à un fils reparti sans tourner la tête, sans lui adresser un regard, mais tenant fermement la paire de gants dans sa main gauche. C'est tout ce qu'il verrait. Mais cela lui suffirait.

Il y a moins de trafic désormais sur la place Odenplan. Dans le sens de la montée, le feu vient de passer au rouge et aucune voiture ne circule ; dans celui de la descente, le trafic est toujours calme à cette heure de la journée. Il contourne le panneau publicitaire lumineux et s'apprête à traverser lorsqu'un cycliste surgi de nulle part manque de le percuter et le force à faire un pas de côté. Il n'a même pas le temps de réagir, sonné par cet éclair. Il recule, instinctivement, et son talon cogne contre le haut rebord du trottoir, lui faisant perdre l'équilibre. Son regard suit le cycliste qui descend à toute vitesse la colline d'Odengatan, passe devant la bibliothèque et grille le feu au niveau de la petite place, esquivant au passage quelques piétons sur le point de traverser. Détournant le regard, il entreprend une nouvelle fois de traverser à l'endroit où s'arrête – où commence ? – la place Odenplan, un terre-plein triangulaire qui coupe l'avenue en deux parts égales, comme la proue d'un bateau.

Au milieu de cette langue de béton est posée une boule de granit, en équilibre. Il lui revient vaguement en mémoire que cette sculpture appartient à un grand projet de vulgarisation scientifique lancé par le musée d'Histoire naturelle, qui devait permettre de visualiser les distances entre les planètes du système solaire. Ainsi, cette boule devait-elle figurer la Terre, Mars ou Vénus. Mais l'objectif de représenter une échelle infinie n'était pas atteint car ce simple objet de granit poli, posé au milieu d'une des rues les plus passantes de la ville, ne reflétait en rien la solitude de ces corps sans couleur et de leurs courses éternelles autour d'une étoile lointaine, qui est pour eux le centre de tout. Une étoile aux rayons mortels, dont nous protègent les substances chimiques d'une atmosphère riche en oxygène et qui réchauffent comme par magie la planète bleue, laquelle avance vers sa propre fin, inévitablement liée à celle de l'étoile, une fin impitoyable, une explosion sous le poids de sa propre structure qui engloutira tous les corps célestes qui croiseront son chemin. À l'horizon, tout sera anéanti par les spasmes de cette gigantesque étoile moribonde, point d'orgue silencieux d'un cycle multimillénaire, extase violente, extermination de tout ce qui est connu et inconnu, jusqu'à l'écroulement de l'étoile, jusqu'à sa mort, sa transformation en petits cailloux brûlés, d'une effroyable densité. Seules les planètes du système solaire les plus éloignées de l'explosion seront épargnées, affranchies d'un maître dont l'attraction aura disparu. Et dans ce vide sans obstacle, elles ne dévieront pas de leur course, ne glisseront pas vers l'infini, mais s'éloigneront peu à peu de cette force qui les retenait depuis des temps immémoriaux, si l'on peut encore parler de temps. Elles resteront immobiles, prisonnières du système qui les a enfantées mais dont le centre n'existera plus. Quand l'axe autour duquel elles tournaient aura disparu, il régnera un calme infini, un silence total. Ces planètes seront suspendues dans le vide et les corps célestes, sans forme ni couleur, viendront s'agglutiner sans bruit, sans résistance, dans les ténèbres du cosmos. Elles ne laisseront rien derrière elles, elles ne formeront plus qu'un ensemble homogène dans le velouté glacial de l'obscurité qui les a vues naître et qui les accompagnera jusqu'à la nuit des temps.

Il se lance pour traverser la rue, tout en regardant la planète de granit – Vénus, la Terre ou Mars, après tout quelle importance ? –, grimpe sur le terre-plein central, contourne la boule et ressort de l'autre côté. Mais il trébuche en descendant de ce trottoir un peu trop haut et il lui faut une seconde pour retrouver l'équilibre. Pardessus son épaule, il revoit le cycliste de tout à l'heure qui a fini par s'arrêter au feu rouge, à l'intersection avec l'avenue Sveavägen. De cette position, la tête tournée vers le bas de la place, il ne voit pas d'où vient la force puissante qui fond sur lui en rugissant. Tout juste peut-il deviner l'énorme masse rougeâtre, l'ombre qui s'abat, le crissement des pneus, le klaxon assourdissant. C'est sans importance. Il les entend et, à la fois, ne les entend pas. Il n'a pas le temps de fuir, pas le temps de réagir, seulement de rester là, la tête tournée en direction de l'avenue Sveavägen. Il ne ferme pas les yeux, il regarde vers le bas de la colline.

Le promontoire, au milieu de la grande artère, offre une vue vertigineuse sur la ville et sur les vies de ses habitants : celles qu'il devine (les destins parallèles dans les voitures, dans les appartements, aux fenêtres des bureaux, dans les boutiques, les bus, les allées, les salles et les recoins de la bibliothèque) et celles qu'il voit (les passants de dix heures du matin, un jour de semaine, les retraités, les parents avec des poussettes, les livreurs à vélo, les artisans, les ouvriers du bâtiment, le personnel de soin, les nettoyeurs, les enfants qu'on va chercher à la maternelle ou qu'on emmène au parc dans des vestes jaune fluo, les cyclistes à moitié fous qui fendent l'air sans se préoccuper de ce qui les entoure). Il lève les yeux vers le feu rouge, puis vers les toits, dont les formes noires et mouillées se détachent sur le ciel d'automne. Alors, malgré le vacarme, il plonge dans un calme immense, presque aveuglant, et le monde, soudain, se dilue en une substance épaisse qui s'enfonce dans l'asphalte, sous ses pieds.

Mais au moment où le bus, fonçant sur lui, klaxonnant, crissant des pneus, va le heurter, il est aspiré par l'arrière. L'avenue fait une secousse, le ciel difforme, les arbres nus de la rue Odengatan, l'immeuble de la clinique qu'il voit désormais à l'envers s'amoncellent à l'horizon, flottent, se balancent, comme prêts à s'abattre sur lui. On s'agrippe au dos de son manteau. Des mains invisibles, d'une force surhumaine, le happent, résolument, depuis le terre-plein central. Une douleur intense traverse son corps qui s'écrase sur la pierre. Le trottoir le saisit comme une énorme main grise qui ne voudrait plus le lâcher. L'épaule droite frappe en premier, puis tout le flanc, le trousseau de clés tranchant s'enfonce dans sa cuisse. Puis l'oreille et le reste de sa tête. Dans un rebond, il aperçoit la silhouette de la bibliothèque et s'aplatit complètement sur le sol, la tête sur le côté. Il ne voit plus que la boule de granit poli et cette stupide imitation de planète lui bouche la vue sur tout le reste.

Il redresse doucement la tête. Il voit l'hôpital en ouvrant les yeux, mais les referme immédiatement. La douleur dans son crâne est explosive, assourdissante. Il attend quelques secondes que la vague soit passée, puis ose un nouveau regard vers le haut. Un visage. Un jeune garçon accroupi près de lui, des cheveux noirs séparés par une raie, un œil caché derrière une mèche. Un frisson lui parcourt la colonne vertébrale en reconnaissant le visage de son fils tel qu'il sera dans dix ans, ce visage tant aimé qui lui sourit depuis l'écran de son téléphone, son garçon, dessinant à la table de la cuisine dans leur ancien appartement, regardant l'objectif d'un air presque étonné, lui adressant ce sourire franc qui n'appartient qu'à lui, un sourire unique, indescriptible.

« Oh, ça va ? »

Une voix de garçon au milieu du vacarme incessant de la rue autour d'eux, emportés comme deux bouts de bois au milieu d'une tempête.

« Putain, le flip. J'ai cru que vous alliez vous faire écraser par le bus. Un truc de fou… Qu'est-ce qui s'est passé ? »

Il réfléchit à ce qu'il pourrait répondre mais, au moment de dire quelque chose, le garçon appelle par-dessus son épaule un groupe d'amis restés un peu plus loin, près d'un parking à vélos.

« Hey, venez m'aider ! Faut l'emmener à l'hôpital ! »

Les yeux noirs se tournent vers lui. La respiration est affolée, ce garçon a dû avoir une poussée d'adrénaline. Lui, au contraire, ressent une paix profonde, le même sentiment qu'un instant plus tôt, au milieu de la rue, et pourtant très différent, car ce calme nouveau est ancré dans le monde, il est la condition préalable de tout ce qu'il voit : la ville, les immeubles, ce jeune homme penché sur lui.

« Vous avez eu vachement de chance. »

Le garçon écarte la mèche de ses yeux et s'assoit près de lui, au milieu du terre-plein. Il déplie ses bras croisés et les pose sur ses genoux puis, un peu calmé, pousse un petit rire en hochant la tête.

« J'étais là, j'attachais mon vélo… »

Il tourne la tête vers le parking à vélos et se remet à crier.

« Hey, venez, je vous dis. Putain, vous êtes sourds ou quoi ?! »

Puis, baissant la voix, il secoue la tête et continue en riant tout bas, comme pour lui-même.

« J'étais là, j'attachais mon vélo, je regarde par-dessus mon épaule et je vois un gars qui traverse au milieu de la rue, le vrai suicide, enfin vous, vous qui traversez au milieu de la rue et le bus qui fonce sur vous, qui vous voit pas du tout. Comme dans un clip, je vous jure. Comme un film. J'étais derrière, à cinq, dix mètres peut-être, je vous ai attrapé et vous vous êtes envolé et…

Putain, je vous promets, il a frôlé vos chaussures. C'est passé à ça ! »

Et le garçon montre avec son pouce et son index à quelle distance c'est passé, exactement. Il se met à rire, les bras toujours posés sur ses genoux, et plonge la tête dans ses mains. Et son rire, alors, se transforme en sanglots, pas vraiment des pleurs, plutôt des hoquets. Il voudrait le consoler, lui prendre le bras, mais son mouvement s'arrête à mi-chemin. Le sang ne coule plus dans ses veines, il est à bout de forces. D'ailleurs, le garçon s'essuie déjà les yeux du revers de la main. Des perles en plastique multicolores crépitent autour de son poignet. Il tourne la tête vers ses amis et ravale son sanglot.

« Faut vraiment qu'on aille à l'hôpital. Vous pouvez vous lever ? » Puis, pour lui-même : « Putain, le malade mental, quoi… »

Des bras le soulèvent du sol pour le remettre sur pied. Il pousse un gémissement en sentant la douleur dans son crâne et sur sa cuisse, là où les clés se sont enfoncées, près de la hanche, où la peau est plus fine. Sur son pantalon, la tache de sang lui fait penser à une petite tête. Les copains du garçon doivent le rejoindre pour l'aider car il ne peut pas se lever tout seul et ce sont désormais plusieurs mains qui s'agrippent à lui, aux bras et aux aisselles. Autour de sa taille, il sent un bras plus fort que les autres, un bras puissant et stable, presque un bras d'adulte, à moins que ce ne soit lui qui ait l'impression d'être redevenu un enfant, tombé la tête la première. Il ferme les yeux, chancelant dans tous ces bras qui l'entourent, qui le soulèvent, comme Ganesha, l'éléphant indien, ou comme Shiva lui-même. Les voix bourdonnent autour de lui, des mots qu'il entend sans les comprendre.

« On l'emmène où ?

– J'sais pas, genre à l'hôpital.

– On va aller là-bas, le grand bâtiment, c'est un truc de santé. Putain, bougez-vous !

– T'es sûr ? On dirait plutôt un genre de banque.

– Sûr. La mère de ma copine bosse là-bas.

– OK, c'est bon, on te croit, calme-toi.

– Oh, vous m'entendez ? On va aller jusque là-bas, ça va aller pour vous ? »

Il pousse un râle et rouvre les yeux. Les cinq adolescents se ressemblent tous un peu mais il ne distingue les traits que du premier, celui qui l'a sauvé du bus, un visage aussi effrayant que celui de son fils, quoique très différent, comme si les traits grossis, modifiés, étaient devenus à la fois familiers et étrangers. La lumière est faible, les nuages et la pluie s'accrochent à ses yeux douloureux. Il s'efforce de distinguer ce que les autres lui montrent du doigt, comme un groupe d'épouvantails, les bras tendus vers la clinique. Il esquisse un sourire et s'engage sur le passage piéton mais le vertige le prend, la douleur dans sa jambe et dans son crâne le tiraille comme une lourde vague. Il s'arrête pour ne pas tomber à nouveau. Les bras le rattrapent et le guident prudemment de l'autre côté de la rue. Il essaye de ne pas prêter attention au monde autour de lui, aux badauds, aux gens qui passent sans s'arrêter et leur jettent des regards méfiants.

« Merci beaucoup, c'est gentil, dit-il finalement d'une voix faible.

– Pas de soucis mais heureusement que j'étais là… »

Il entend une nouvelle fois le rire grave et timide du garçon dont le visage se fend d'un sourire irrésistible. Il est tout près de lui et dégage une forte odeur d'eau de Cologne et de gel pour les cheveux. L'odeur de sa propre adolescence. Elle l'entoure comme une couverture, comme un groupe d'amis marchant à ses côtés. Ils marchaient comme ça, eux aussi, quand l'un d'eux avait trop bu, titubant, se portant les uns les autres à travers les petites rues, toujours sous la pluie ou la neige, dans son souvenir. Un soir d'été, Thomas l'avait ramené d'une fête et laissé sur le palier et lui, sanglotant, avait essayé de s'accrocher au bras de Thomas qui s'était dégagé avec violence, avant de regagner les dalles du jardin et de disparaître derrière une haie.

Ils arrivent devant la clinique dont les portes automatiques s'ouvrent en chuintant. C'est la deuxième fois en quelques heures qu'il entre dans ce hall. Derrière lui, les jeunes restés sur le trottoir bougonnent et tripotent leurs casquettes en se donnant des petits coups de poing sur l'épaule. Leur impatience est attisée par une énergie refoulée et il les comprend. Devant les ascenseurs, les patients gagnent les différents services de la clinique tandis que le garçon parcourt le panneau d'affichage des spécialités. Assis sur un banc en bois, il voudrait protester, dire qu'il doit voir un généraliste, que personne dans cette liste n'est capable de le soigner, qu'il faut une ordonnance pour voir un spécialiste, que ces gens-là ne font pas d'examens généraux. Mais au moment où il s'apprête à parler, le garçon lui fait signe de se taire en posant un doigt devant sa bouche, sans lâcher le panneau des yeux, puis pointe son index sur lui, comme un adulte qui réprimanderait un enfant. Ce geste l'emplit d'un sentiment de liberté, comme s'il n'avait plus ni devoirs ni responsabilités. Il ferme les yeux une seconde, pour savoir où il a vraiment mal.

Lorsqu'il les rouvre, son sauveur a de nouveau disparu. Un peu perdu, il regarde autour de lui et reconnaît soudain la voix, derrière le gros pilier de béton sur la droite, près de la loge des réceptionnistes. De là où il est, il ne peut voir que les jambes du garçon qui trépigne en discutant avec la dame de l'accueil. Il perçoit les voix mais pas les mots. Il appuie la tête contre le dossier de bois et essaye de se souvenir du visage. Était-ce vraiment celui de son fils avec dix ans de plus ? Le visage n'était-il pas plus fin, le nez plus long, les yeux plus grands ? C'était sans doute la coiffure qui faisait cet effet. Le visage de son fils devient diffus – comme si ce garçon, qui ne lui ressemblait finalement pas, avait pris sa place – et il ressent le besoin d'attraper son téléphone pour regarder la photo sur son fond d'écran, le vrai visage de son fils, pour qu'il ne se décompose pas, ne disparaisse pas.

En cherchant son téléphone dans la poche de son manteau, il tombe sur les paires de gants et se souvient où il se rendait quand tout ceci est arrivé. Un coup d'œil à l'horloge de ce couloir incroyablement sombre lui indique qu'il peut encore arriver à temps pour la pause déjeuner de l'école. En se dépêchant, il peut retrouver son fils dans la salle à manger et lui laisser les gants. Il essaye de se lever. La douleur dans sa cuisse est lancinante. Il fait quelques pas mais le garçon le repousse gentiment vers le banc et vient s'asseoir à côté de lui.

« Vous restez là ! dit-il brusquement.

– Qu'est-ce qu'il se passe ?

– C'est chelou ici. Mais la fille à la caisse est sympa. C'est un genre d'infirmière, enfin pas infirmière mais cheffe de service ils appellent ça. Elle va venir vous examiner dans – il regarde l'horloge sur le mur – dans genre une demi-heure. Troisième étage, médecins généralistes. Elle a dit qu'on devait aller aux urgences, mais je lui ai dit : ça va madame, il va bien. Donc elle vous a pris un rendez-vous. »

Une pause. Il hoche lentement la tête tandis que le garçon fixe l'horloge en se mordillant la lèvre inférieure. Quel âge peut-il avoir ? Peut-être pas tant que ça, après tout, quinze ans tout au plus, mais il est déjà fort et bien bâti.

« Merci, finit-il par articuler. Je pense que je vais m'en sortir. »

Il esquisse un sourire qui se veut ironique.

Le garçon ne répond pas. Il continue à fixer l'heure puis demande, sans détour :

« Qu'est-ce que vous faisiez là ? Vous avez fait exprès de vous jeter sous le bus ou quoi ?

– J'étais seulement… perdu dans mes pensées. Je devais aller à l'école de mon fils pour lui donner ses gants. Il les a oubliés à la maison, je lui en ai acheté des nouveaux, il fait froid maintenant… J'ai traversé là pour gagner du temps mais c'était… c'était comme si mes jambes ne m'obéissaient plus, je ne pouvais plus bouger.

– Je vous crois, dit le garçon doucement. Mais votre fils, il a de la chance que je sois arrivé. »

La réplique reste suspendue, il ne sait pas quoi répondre. Que dire dans cette situation, à la fois limpide et déroutante, où chacun s'apprête à reprendre sa place, lui dans son corps d'adulte et de parent, l'autre dans celui d'adolescent ?

« Tes copains doivent s'impatienter.

– Ça va, ils peuvent attendre ! »

Leurs regards se croisent, le gamin a l'œil joyeux. Un voile se pose sur eux et vient ternir ce qui brillait encore un instant plus tôt.

« Vous savez, mon père nous a quittés, dit-il à voix basse. Et je me dis que votre fils… enfin, qu'est-ce qu'il aurait fait si vous étiez passé sous ce bus… Vous comprenez ?

– Comment ça, quittés ? » Il a mal au ventre, toujours au même endroit. « Il est mort ?

– Non, non, il est parti. Il en avait marre depuis longtemps et puis un jour il s'est carrément barré. Ma mère n'en a plus jamais entendu parler, ça fait à peu près cinq ans. C'est pas plus mal, c'était un connard. Il imposait ses règles, il décidait tout, le petit chef, quoi. »

Le garçon est assis sur le banc à côté de lui, les jambes écartées, il regarde le sol entre ses baskets déchirées. Le silence retombe. La conversation a pris une tournure angoissante et il sent à nouveau la douleur dans le bas de son ventre, comme si son corps lui signifiait sa hâte, lui disait de se lever et d'aller au troisième étage trouver cette infirmière qui examinera sa cuisse et peut-être son épaule. Sa tête cogne. Une douleur lancinante part de derrière ses yeux et se propage dans le lobe frontal puis vers l'arrière du cerveau.

« Tu te souviens comment s'appelle cette cheffe de service ? Je pense que je vais aller la voir.

– Aucune idée, mais vous pouvez aller voir.

– J'y vais. Mais je voulais dire, enfin… merci beaucoup. C'est vraiment chouette de ta part, tout ce que tu as fait…

– C'est normal.

– Écoute, je voudrais te donner un peu d'argent, je veux dire, pour te remercier.

– Non, non, c'est bon. Je fais pas ça pour l'argent. C'est ma tournée ! »

Il lève les paumes de ses mains vers le ciel, en un angle qui témoigne de sa bonne disposition et de sa générosité. Ça le fait rire, malgré la douleur.

« Je peux quand même prendre ton numéro ? Tu pourrais peut-être rencontrer mon fils, je pense qu'il t'aimerait bien. »

Le garçon a l'air sceptique.

« Ouais, enfin, il est petit, non ?

– Il va avoir sept ans cet automne. Toi, tu as quel âge ?

– Quinze ans. Il va à l'école ici, à Vasastan ?

– Oui.

– Moi aussi, dit le garçon. Mais je ne traîne pas trop dans le coin après les cours. En fait, j'habite à Kista, c'est ma mère qui m'a inscrit ici. Elle pense que c'est bien que je vienne au lycée à Stockholm. Honnêtement, c'était pas terrible à Kista, enfin on ne me frappait pas ni rien, mais c'était dur. Remarquez, avec les Stockholmois aussi c'est dur, avec leur iPhone, leurs maisons de vacances et leurs voyages à L.A. Enfin, ce que je voulais dire c'est que ça va être un peu dur de se voir après les cours, en plus il est en primaire et moi en troisième… »

Il ne finit pas sa phrase mais attrape malgré tout son téléphone dans la poche de son jean, un vieux modèle, avec un écran fêlé.

« Ok. Donnez-moi votre numéro, c'est moi qui vous appelle. »

Il récite son numéro. Le garçon tape sur son écran fendu. Son téléphone sonne dans sa poche. Le garçon raccroche, range son portable et se lève, le laissant seul sur le banc. Il lui tend une main que l'autre attrape maladroitement et ils restent ainsi une seconde : la main du garçon est sèche et chaude, elle a quelque chose de doux, de juvénile, sur le point de disparaître. Il la lâche. Les perles en plastique cliquettent à ses poignets

« Comment tu t'appelles ?

– Michel. »

Il regarde ses copains qui l'attendent dehors et leur adresse une grimace et un geste incompréhensible. Puis, se tournant de nouveau vers lui, il dit :

« Bonne chance, alors. Ratez pas votre rendez-vous, j'ai eu vachement de mal à vous l'avoir !

– Merci », dit-il. Puis, un peu vague : « À bientôt, alors.

– OK, si vous voulez. »

Le garçon regagne les portes automatiques d'une démarche mal assurée. Une fois dehors, il improvise devant ses amis une espèce de pantomime, levant très haut les bras en signe de victoire, et crie quelques mots. Les autres rient mais le son de leurs voix est coupé par les portes qui se referment. Une seconde plus tard, ils s'engagent sur le passage piéton et disparaissent comme s'ils n'avaient jamais existé. Il ferme les yeux et sent à nouveau les deux mains qui l'ont saisi dans le dos, puissamment, résolument, pour le ramener à la seule chose qu'il possède.

Là-haut, un cabinet de médecins généralistes s'est installé parmi les spécialistes de la clinique. Il est difficile de s'y repérer. L'éclairage terne noie les deux couloirs parallèles dans un gris uniforme et les papiers peints sans motifs ont perdu leurs couleurs. Les couloirs sont reliés entre eux par des venelles où les patients improvisent des salles d'attente en feuilletant des magazines à moitié déchirés. Les plantes d'intérieur sont recouvertes d'une fine couche de poussière, le linoléum beige est maculé de traces de semelle, plus sombres le long des plinthes. Cet ensemble informe et déliquescent lui donne un sentiment de vertige. Derrière ses paupières, le mal de tête tenace l'oblige à plisser les yeux.

Il ne trouve pas le bureau des infirmières, les portes affichent seulement des noms de médecins inconnus. Au bout du couloir, un panneau sur une porte ouverte indique que la salle est dédiée aux *prélèvements* et, dans une petite salle, quelques patients attendent sur un canapé ou debout comme des piquets, arborant tous le même visage inexpressif, sans même pouvoir se cacher derrière un magazine, la pièce en étant apparemment dépourvue. Certains fixent leur téléphone, apathiques, sans rien écrire, sans même faire défiler d'images, concentrés sur l'écran noir et muet pour éviter de croiser les regards des autres patients. Il avise des toilettes, y entre et pousse le verrou.

Ce sont des toilettes pour handicapés, spacieuses mais sales et en mauvais état. À côté de la cuvette, dans le mur, une petite niche avec une trappe permet de déposer les échantillons d'urine et il lui semble distinguer des traces jaunâtres sur le sol, devant l'ouverture. Debout au milieu de la pièce, il s'observe dans le miroir. La lumière lui révèle d'abord un visage étranger qui se dissipe peu à peu pour faire place à celui de son fils, en superposition. Il a hérité du teint, des cheveux et des yeux de sa mère, mais il a les traits sinistres de son père. Puis le garçon, à son tour, disparaît du miroir, remplacé par l'adolescent qui l'a sauvé. Pourquoi a-t-il fait cela ? Pourquoi s'est-il précipité sur lui au milieu de la chaussée ? C'est inexplicable. Au milieu des toilettes sales d'un service inconnu, dans une clinique qui semble l'attirer comme par malédiction, il ne peut relier ces derniers événements avec une quelconque forme de réalité.

Une citation lui revient en mémoire, des mots auxquels il s'était accroché autrefois, avec romantisme, comme à une bouée, une main tendue au moment où ses forces lui échappaient, mais dont il n'avait jamais vraiment compris le sens. Il a oublié les termes exacts. Sa vue se brouille, les bruits grésillent, tous les visages se mêlent dans le miroir et ne forment plus qu'un mélange informe : l'adolescent, son fils, la mère de son fils, ses propres parents, Thomas… Et dans ce tourbillon de visages, les traits se confondent jusqu'à en perdre leur singularité. Il ferme les yeux. Les maux de tête persistants jettent des ombres sur ces mots qui lui échappent désespérément. Quelque chose comme *conduire les hommes vers le bien*. C'est ça, on ne pouvait pas conduire les hommes vers le bien, en tout cas pas jusqu'au bout, car le bien était *en dehors de l'espace des faits*, de cette partie-là, il est sûr. Et il comprend soudain que tout ce qui lui est arrivé est *en dehors de l'espace des faits* et que la pièce où il se trouve, en revanche, n'est qu'un vulgaire lieu d'examen, une unité finie, une fonction à la base d'un système : le don d'un échantillon au corps médical qui le scrutera, le jaugera pour en détecter les vices cachés, tout ce qui circule secrètement dans notre corps pour le dévorer de l'intérieur et qui, de l'extérieur, reste invisible des médecins eux-mêmes. Comme c'était primitif ! Une simple question de fluides corporels, de déjections, portant la trace indiscutable de notre état de santé. Ces toilettes n'étaient en fin de compte qu'une manifestation de ce qui *appartenait à l'espace des faits*, un endroit où les notions de bien et de mal n'avaient plus cours, un lieu entre les symptômes et le diagnostic, un entre-deux.

Il entend qu'on secoue la poignée de la porte, quelqu'un qui n'a pas dû voir que les toilettes étaient occupées. La secousse le surprend mais il ne dit rien. Il défait sa ceinture, ouvre sa braguette et fait glisser son pantalon sur ses chevilles. En se tournant sur le côté, il peut voir dans le miroir la plaie que ses clés ont ouverte sur sa hanche, au niveau de la fesse droite. Le sang a déjà coagulé, un hématome s'est formé autour de la blessure.

L'endroit est sensible mais la douleur n'est plus aussi aiguë. Le pantalon entrave ses pieds comme une chaîne et il craint de perdre l'équilibre en essayant d'atteindre le distributeur d'essuie-mains près du lavabo. Il attrape quelques serviettes qu'il passe sous le robinet.

La nouvelle secousse de la poignée est plus agacée mais il reste silencieux et entreprend de nettoyer sa blessure. L'entaille, étonnamment petite pour sa profondeur, s'ouvre à nouveau et laisse couler un mince filet de sang le long de sa hanche et de sa cuisse. Il forme une boule avec le papier et la presse contre la blessure. De l'autre côté du lavabo, il aperçoit une boîte à pharmacie sur le mur. Il en sort une compresse et quelques pansements et, d'un geste rapide, remplace les mouchoirs mouillés par la compresse.

De l'autre côté, la personne s'acharne sur la poignée. Elle frappe contre la porte.

« Oh, il y a quelqu'un ? ! »

La voix est perçante. Il ne répond pas. Il déballe le pansement en tremblant et le plaque contre sa peau.

« Il y a quelqu'un ? ! Je vous entends, vous savez ! »

La voix crie, presque désespérée.

« Il faut que j'entre pour mon prélèvement. J'ai un test urinaire à faire, ça urge ! Si vous ne sortez pas… je vais chercher quelqu'un !

– Une seconde, répond-il, surpris par le ton rauque de sa voix. J'ai presque fini !

– Comment ça *presque* ?! Je dois entrer tout de suite ! »

C'est une voix d'homme, de vieil homme. Il doit être appuyé contre la porte, il gémit à travers la fente :

« Je vais me pisser dessus ! »

Il reboutonne son pantalon, se passe un peu d'eau sur les mains puis ouvre la porte d'un geste si brusque que l'autre manque de la recevoir en plein visage.

« Bon Dieu, monsieur ! » dit l'homme en reculant, les yeux écarquillés, avant de lui passer devant, si près que leurs deux corps se touchent. L'homme claque la porte, enclenche le verrou. On entend derrière la porte le bruit d'une fermeture éclair, puis celui, vif, fluide, effervescent, d'un jet d'urine qui frappe l'eau au fond de la cuvette.

En retournant vers le service généraliste, il bouscule un patient dans la salle d'attente et marmonne une vague excuse. Il n'a pas le temps d'aller consulter un médecin, il doit quitter cet endroit. L'hémorragie s'est arrêtée, la blessure est superficielle et, même si ça fait encore mal, il s'en sortira très bien sans infirmière. Le couloir aux plantes poussiéreuses et au linoléum maculé est interminable. Il atteint en boitant le palier. L'ascenseur met du temps à arriver, il est bondé, les passagers s'écartent pour le laisser entrer, comme un banc de poissons qui se sauveraient en ondulant à l'approche d'un requin. Il ne les regarde pas, il fixe ses pieds durant toute la descente.

Les portes automatiques se referment derrière lui et il se retrouve une nouvelle fois sur le trottoir, à l'ombre du grand bâtiment de la clinique. Devant le panneau publicitaire, son regard s'arrête sur la femme qui lui a paru familière tout à l'heure et, malgré la migraine qui cogne obstinément, malgré le sentiment de vertige qui grandit en lui et le sol qui se dérobe sous ses pieds, il se dirige vers elle. Le trottoir est jonché de couvertures et de sacs en plastique remplis de vieilles canettes. Devant elle, la femme a posé un gobelet à moitié déchiré et un carton sur lequel on déchiffre l'habituel couplet sur les enfants pour lesquels elle est obligée de faire ce qu'elle fait. Il s'accroupit pour s'approcher d'elle et cherche dans sa poche le paquet avec les gants. Dansant d'un pied sur l'autre pour ne pas perdre l'équilibre, il détache la paire noire de la bleue. L'attache, fine mais solide, se brise en un claquement et laisse sur son doigt une légère marque rouge. Les mains de la femme sont gonflées, vieillies avant l'âge. Il lui tend les gants, croise son regard. Ses yeux sont brillants comme de la cendre, d'un gris métallique, transperçant.

Elle montre sa bouche d'une main tremblante et tend son gobelet, mais il n'a rien à lui donner, pas de monnaie. Il secoue la tête pour essayer de le lui faire comprendre. Résignée, elle repose le gobelet devant elle tandis qu'il lui propose une deuxième fois les gants, qu'elle finit par accepter en haussant les épaules. En les posant dans la main tendue, il sent la chaleur de la paume à travers l'étoffe, il ne la touche pas, même s'il en a envie, même s'il aimerait savoir si la peau est aussi dure, aussi rêche qu'elle en a l'air. Elle fourre le petit paquet dans une poche de sa robe et prononce en hochant la tête un mot qu'il ne comprend pas, et qui pourrait signifier n'importe quoi.

En se relevant, son corps tremble sous l'effort. Sa blessure le brûle, elle l'oppresse. Il sent confusément les deux lambeaux de chair qui s'écartent pour laisser couler le sang sur la compresse. Il ferme les yeux, les rouvre aussitôt et croise une dernière fois le regard de la femme, fixe et sans expression. À pas lents, il retourne vers le passage piéton. Le vertige, la migraine qui envahit son crâne le font avancer pesamment, comme à travers une masse d'eau invisible. Au milieu du trottoir, il lui faut s'écarter pour éviter les passants.

Soudain, il se souvient où il a croisé ces yeux. Il est peu probable que ça soit la même femme, mais c'était le même regard. Pareil, d'ailleurs, pour celui du garçon qui l'avait sauvé du bus. Ce n'étaient pas les yeux de son fils, mais ceux d'un autre petit garçon, dans un autre pays, un visage caché au fond de lui mais dont les contours ne s'étaient jamais effacés.

Alors ça lui revient, ça le frappe de plein fouet : une curieuse soirée un an et demi plus tôt, au Kosovo, les mots de la chargée d'affaires de l'ambassade, un répugnant local souterrain. Après cet épisode, il aurait pu prendre une autre voie ou plutôt *ne pas* prendre une autre voie et suivre la sienne, toute tracée, au lieu de s'enfuir et de s'éloigner de tout ce qu'il possédait.

Son regard quitte le trottoir humide et sombre, pour monter vers la cathédrale. Le ciel, toujours plus bas, s'écroule sur les toits de Stockholm, jusqu'à tout ensevelir. Les lourds nuages de pluie sont percés, striés çà et là par des nuances de gris lumineux, beaucoup plus lumineux, comme les entailles d'un béton prêt à éclater et à retomber sur le monde en une fine poussière.

Le béton effrité, les grilles d'égout ouvertes, les yeux noirs qui se détachaient sur le blanc éclatant du trottoir, les photos d'enfants morts dans un musée, un petit garçon dans un cercueil, les feuilles fragiles sur les arbres, le vent sur l'herbe déjà jaunie, l'immense palais de la Jeunesse et des Sports, tout offrait le spectacle d'une formidable décrépitude. Ce qu'il avait sous les yeux et sous les pieds semblait recouvert d'un film qui en aurait dissimulé la vérité.

Sa vision s'éclaircit : il était derrière son hôtel, dans la rue qui menait à une série de bars et de restaurants. Le soir était frémissant, le soleil disparaissait derrière les toits et les arbres, traînant une lumière laiteuse, de plus en plus rouge, comme le flottement des soirs d'été quand le bleu, sombre et profond, s'abat soudain sur le monde : le verre d'un aquarelliste renversé sur une toile noire, immense, infinie.

Il avançait dans l'obscurité, le portefeuille dans une poche de son jean, les cigarettes dans l'autre. L'air était saturé du chant des cigales et du bruissement des feuilles. On était au début de printemps et une douce chaleur succédait à l'après-midi brûlant. Dans ce quartier résidentiel, d'anciennes maisons bourgeoises avaient été transformées en tavernes et en boutiques qui grouillaient de monde. Quelques représentations culturelles étrangères s'y étaient aussi installées, cernées de murs décourageants et de caméras de surveillance.

La nouvelle chargée d'affaires de l'ambassade était une femme déterminée, issue du monde associatif. Après quatre ans à Minsk, elle avait spontanément choisi Pristina, ville que son supérieur hiérarchique, l'ambassadeur de Suède à Skopje, avait trouvé spirituel de qualifier de *ventre mou* des Balkans. Son regard était dur, avec toutefois une pointe de tendresse et de fragilité. Une tendresse et une fragilité qu'elle avait refoulées lorsqu'ils avaient discuté de ce qui l'avait amené au Kosovo : la culture comme outil de transition démocratique et de reconstruction dans les anciennes zones de conflits. Pour elle, c'était de la poudre aux yeux, mais elle s'efforçait de suivre le fil de la conversation et se vantait d'avoir organisé à Minsk un festival de films suédois, sous contrôle, bien sûr, des autorités locales. Une brèche s'était ouverte dans la muraille qui séparait l'ambassade de la société civile. De l'extérieur, ça n'avait l'air de rien mais, pour eux, c'était une avancée. Elle était restée un instant silencieuse, dans son bureau étouffant, à le transpercer du regard. Puis, remarquant l'heure, elle avait esquissé un plan sur une carte de visite où les insignes de la Suède flottaient au-dessus d'un mot écrit à la main, et l'avait invité à dîner avec quelques représentants du monde de la culture.

Après cette conversation à l'ambassade – une maison décatie, sur une colline verdoyante au nord de Pristina –, la journée se déroula comme tant d'autres, entre réunions stériles, interventions léthargiques et démoralisation. En fin d'après-midi, il se rendit avec une délégation de Stockholm dans un village où patrouillaient encore des soldats de l'ONU chargés de surveiller les possibles conflits ethniques. La forteresse d'architecture orthodoxe serbe abritait un monastère du Moyen Âge, saturé d'air chaud bien qu'on ne fût qu'au début du mois de mai.

Un groupe de jeunes garçons se rua sur eux à la sortie du minibus pour leur assener complaintes et supplications. Il chercha dans sa poche un peu de monnaie, plus pour s'en débarrasser que par compassion, mais la chargée d'affaires lui jeta un regard sévère en secouant la tête. Ils se dirigèrent alors vers le monastère (où les Roms, pour une raison probablement très valable, n'avaient pas osé les suivre) et firent la visite d'usage, guidés par un prêtre barbu qui évoquait dans un anglais impeccable la « civilisation » turque – il mimait les guillemets avec ses doigts – et les exactions commises par les sultans, offrant à la région de nombreux martyrs. Son exposé faisait par ailleurs le lien avec « l'invasion musulmane » contemporaine. Il voulut ensuite faire goûter sa rakija, et sortit comme par magie des gobelets de sa grande cape. Dans la chaleur du monastère, la liqueur avait un goût d'essence. L'ambiance retomba un peu lorsque les délégués – des professionnels de l'import-export – commencèrent à montrer leur lassitude sous la coupole d'une chapelle sombre, couverte de fresques.

De l'autre côté des murs blanchis à la chaux, le groupe de garçons était toujours là, réduit à quatre ou cinq obstinés qui considéraient sans doute n'avoir plus rien à perdre. L'odeur des corps et des vêtements incrustés de crasse le prenait à la gorge. Les peaux et les cheveux avaient la même couleur de sable que les rues poussiéreuses du village. Quelques malheureux longeaient ces murs effrités, au bord d'une route où grondaient des camions de passage et où les platanes constituaient le seul refuge d'ombre et de fraîcheur. Les corps étaient couverts d'une pellicule mate, les vêtements ternes, les traits des visages lissés, si bien que, malgré leurs différences d'âge, ces gamins se ressemblaient tous vaguement. Ils s'approchèrent avec leurs voix suppliantes et leurs mains tendues et, de là où il était, il put voir les doigts gercés, meurtris, couverts de crasse, et la boue cachée derrière chaque repli de peau, chaque crevasse, que l'impitoyable lumière du soir faisait saillir avec une mystérieuse netteté. Un membre de la délégation s'écarta, un employé du ministère des Affaires étrangères en costume satiné et cravate flottant sur l'épaule comme un fanion. Il avança vers le groupe de Roms et poussa des cris en mimant un coup de poing, ce qui les fit se réfugier à l'ombre des platanes. L'homme se passa la main dans les cheveux et réajusta sa cravate sur sa poitrine en adressant un sourire aimable au reste de la délégation qui le rejoignit devant le minibus.

« J'aime mieux ça ! » dit-il en faisant le geste de chasser la poussière avec les mains, claquant trois fois de suite ses paumes l'une contre l'autre.

Le bruit cinglant résonnait encore quand il monta dans le véhicule.

Il lui restait une heure avant le dîner. Il pensa d'abord aller se promener ou boire un café quelque part, mais se perdit assez vite, et atterrit dans une espèce de centre commercial à ciel ouvert, un ensemble bétonné dont la brutalité avait quelque chose d'infiniment beau. Autour de la place, une série de niches étaient creusées en demi-cercle dans un mur. Au sol, la mosaïque de béton et d'asphalte à différents stades de décomposition et les trous qui plongeaient dans les profondeurs de la ville étaient autant de pièges mortels pour les âmes égarées du soir. Les boutiques formaient une série d'arcades protégées par un toit, où s'agitaient des familles et des travailleurs qui rentraient chez eux, vraisemblablement des employés de bureau, bien habillés mais au visage ridé, éreinté. Dans la lumière déclinante, il était impossible de croiser leurs regards, qu'ils tournaient vers les vitrines à l'éclairage magnétique ou sur le côté, leur profil se détachant dans l'éclairage jaune pâle de la vitre, tandis que l'autre moitié disparaissait dans l'obscurité.

Il longea les arcades puis monta un escalier qui donnait sur une route, le long de la place, quelques mètres plus haut. L'escalier avait presque entièrement disparu, ses armatures en fer, sombres et rouillées, brillaient sur chaque marche de béton. Des morceaux s'étaient détachés, formant de larges trous, il fallait faire attention où l'on mettait les pieds. Il n'y avait plus de rampe depuis longtemps, la construction tremblait sous le poids des passants.

En haut d'une dizaine de marches, une route passante offrait sur la ville une vue à la fois terne et grandiose. Une foule attendait, entre chien et loup, parmi une forêt d'abribus sur la droite, de grands ensembles bétonnés brillaient d'une lueur énigmatique, s'étalant comme des vagues en bas d'une colline. Des immeubles bas et des maisons s'accrochaient, de l'autre côté, à une pente plus abrupte ; le soleil couchant jetait ses aplats vermeils sur les bâtiments gris et les contours de la pleine lune émergeaient au-dessus d'un immeuble, au-delà des reliefs. Blanche, énorme, tachetée de mers de poussière et de cratères couleur crème, elle donnait à la ville des reflets d'argent. Les visages, les bus, les voitures, tout étincelait, et en particulier le béton effrité, les cailloux, les morceaux de crépi qui se détachaient et se répandaient sur le sol. Les maisons, les trottoirs, les routes, les abribus, tout était fait de cette matière croulante, écrasée par le soleil. Des silhouettes attendaient patiemment le bus dans le clair de lune. L'étrange luminosité faisait vibrer toutes les créations humaines et l'incroyable beauté de leur décadence, comme une sécheresse, un grésillement. L'immense disque de lune, la nuit qui approchait, le fourmillement des passants et des cigales sur la colline, le jaune des lampes dans les appartements au loin, le ciel de magnésium, éblouissant d'étoiles, apparaissaient comme à travers un linceul, un écran pâle qui ne ressemblait à rien de connu.

Cette lumière, très vite, céda la place à la pénombre, puis à la nuit. Il suivit la grande rue, se repérant sur un plan récupéré à l'hôtel, un papier mal imprimé, qui faisait de la publicité pour des restaurants et des bars douteux. Au bout d'un certain temps, il finit par trouver le restaurant. L'entrée était cachée au fond d'une cour, longée d'un côté par une clôture en fil de fer : un recoin sombre où on lisait la bonne aventure. La porte du restaurant, en bois foncé, était ornée de motifs folkloriques. À l'intérieur, il fut saisi par les effluves de cuisine et par la rumeur de la salle, concert diffus de voix dans une langue inconnue qui s'entortillaient autour de sa tête, comme les volutes d'une épaisse fumée.

Après deux bonnes heures, la conversation à table s'était tarie. Il avait eu du mal à y participer, perdu dans un mélange d'anglais et d'albanais, l'esprit troublé par les généreuses rasades de vin et de rakija. La chargée d'affaires lui lançait des regards en coin, en discutant gaiement avec ses voisins. Il était assis à un bout de table, à côté d'un vieux monsieur qui travaillait au musée national et qui se perdait dans de longues explications sur les difficultés à rassembler les plus belles pièces de sa collection, éparpillées aux quatre coins des Balkans et dont la plus grande partie avait atterri à Belgrade à l'époque de la Yougoslavie. Les invités avaient l'air pressés de rentrer chez eux. La table se vida, réduite bientôt à quelques jeunes représentants du monde du théâtre, assis à côté de la chargée d'affaires. Les conversations prirent fin. On se sépara. Sous une ampoule de la cour, il alluma une cigarette et discuta des différents invités avec la chargée d'affaires. Les derniers partis s'évanouissaient dans l'obscurité. Les voix se dispersaient, englouties dans la douceur d'un soir que la nuit ne rafraîchissait pas encore.

« Venez, je vais vous montrer quelque chose », dit-elle.

Il n'était pas encore dix heures mais l'absence d'éclairage et les murs de la cour les empêchaient de voir à plus de dix mètres. La chargée d'affaires se dirigea vers la grande place. Les trous dans l'asphalte formaient de larges rectangles de gravillons noirs, du basalte sans doute. L'obscurité ne semblait pas la gêner pour marcher. Il avançait à ses côtés, sans poser de question sur le but de leur expédition, se laissant guider parmi les parkings, les bennes à déchets, les tas de briques et les autres gravats.

Surgissant soudain d'une impasse, sur la gauche, les phares d'une jeep foncée, ou peut-être d'un 4 × 4, éclairèrent leur chemin le long d'un grand virage. La voiture les doubla sur la route esquintée et alla se garer une dizaine de mètres plus loin, le long d'un pare-feu en briques. Des silhouettes en sortirent puis claquèrent les portières sans dire un mot. L'une d'elles verrouilla la porte, faisant clignoter les phares et enclenchant les verrous dans un bruit métallique. Puis les ombres filèrent droit vers un entrepôt, montèrent quelques marches en acier et ouvrirent une porte grinçante. Une teinte rougeâtre et des bruits de musique étouffés se répandirent sur le parking. Sous cet éclairage, les ombres des hommes qui pénétraient l'un après l'autre à l'intérieur se détachaient plus nettement. La lourde porte en fer se referma en un claquement sourd.

« Regardez, dit-elle en se tournant à moitié vers lui. C'est là qu'on va. »

Il ne voyait pas bien son visage. Les réverbères au loin faisaient briller ses yeux d'un mystérieux éclat.

« Qui sont ces hommes ? demanda-t-il à voix basse, comme si on avait pu l'entendre à travers la lourde porte.

– Sûrement des gens comme nous. »

Le ton était sybillin et il crut voir sur son visage une grimace involontaire, un tremblement des lèvres.

Ils arrivèrent à leur tour à l'entrepôt. Elle monta les quelques marches et il la suivit en s'agrippant à la rampe de métal froide. Devant l'entrée, elle se retourna et il put distinguer plus nettement son visage car ses yeux s'étaient habitués à la faible clarté de la lune. Elle avait le teint pâle, des cils noirs, un nez marqué, une large mâchoire et des cheveux bruns, coupés court. Elle le fixa un instant, l'air grave.

« Observez bien ce qui se passe ici, c'est important. »

La voix était neutre mais laissait entendre une colère sourde, à peine dissimulée. Sans hésiter, elle ouvrit la porte et ils furent inondés par les échos d'une musique et par la lumière rouge. Elle tenait la poignée avec fermeté, ses phalanges semblaient blanches. De l'autre main, elle fit un geste obséquieux pour lui indiquer le chemin.

« Les hommes d'abord. »

L'escalier en béton était raide quoique pas très long et, dans la pénombre, il manqua de trébucher dès la première marche. La pièce, pourtant spacieuse, était comme confinée. Les plafonds étaient bas et de sombres tentures absorbaient l'éclat rouge qui tombait des appliques et d'un tube en néon, au-dessus d'un bar. L'air était vicié, un nuage de fumée s'était formé au plafond. Des petits groupes étaient installés autour de tables disparates :

d'un côté, des hommes en costume ou en bras de chemise buvaient de la bière dans des bouteilles en verre brun épais et de la rakija dans des verres à liqueur ; de l'autre, de jeunes femmes paraissaient s'ennuyer ou attendre quelque chose. Elles jouaient avec leur téléphone, buvaient des sodas à la paille, jetaient des regards indifférents aux tables d'hommes qui discutaient à voix basse en rapprochant leurs visages.

Il s'arrêta en bas de l'escalier pour balayer la salle du regard. Ce qu'il voyait était un véritable cliché, on aurait dit le tournage d'un film ou une pièce de théâtre naturaliste, avec figurants et accessoires : des hommes en costume d'affaires, des jeunes filles, des tentures sales, des appliques rouges, un comptoir, de la fumée, des cigarettes, des cendriers, de la rakija, des bouteilles de bière, des sodas avec des pailles. Il se tourna vers la chargée d'affaires pour lui demander si elle ne s'était pas trompée. Une pensée vertigineuse lui traversa l'esprit : l'avait-elle amené ici pour lui faire plaisir ? Avait-il laissé croire un instant qu'il recherchait ce genre d'endroit ? Elle le prit doucement par l'avant-bras pour le conduire jusqu'au comptoir, où une grande femme aux cheveux teints au henné essuyait des verres. Il s'efforça de sourire à la chargée d'affaires.

« Regardez qui voilà ! Et en bonne compagnie… »

La chargée d'affaires le présenta en lui posant une main sur l'épaule.

« C'est un collègue. Elle, c'est Luza. »

Il tendit la main mécaniquement au-dessus du comptoir mais la femme continua à essuyer les verres, se contentant de lui adresser un léger signe de tête, l'air las. La chargée d'affaires lui montra une affiche, scotchée au grand miroir derrière le bar. En anglais et en albanais, le texte recommandait d'utiliser des préservatifs durant les rapports sexuels et de ne pas partager ses seringues. Parmi les logos, en dessous du texte, il reconnut celui de l'agence suédoise pour l'aide au développement.

« Sans Luza, rien de tout ça n'aurait été possible, dit-elle, d'un ton détaché. On a beaucoup travaillé avec elle et d'autres gens comme elle. »

Il acquiesça. Derrière le bar, une enceinte crachait une musique folk moderne. Une voix de femme chantait sur des rythmes synthétiques, se mêlant aux mots de la chargée d'affaires.

« On ne s'en rend pas toujours compte de l'extérieur, poursuivit-elle en montrant une nouvelle fois l'affiche, mais il se passe beaucoup de choses en coulisses, comme on dit. Au début, le VIH et les autres MST se propageaient à toute vitesse parmi les filles, et sans doute aussi parmi les clients. Nous avons réussi à faire drastiquement baisser le taux. C'est l'une de nos plus belles réussites. »

Il approuva en silence, puis ajouta, pour dire quelque chose :

« Mais je croyais que vous ne vous occupiez pas d'aide humanitaire ? Enfin, que ce n'était pas dans vos attributions. »

En prononçant ces mots, il sentit à quel point ils sonnaient faux. Le regard de la chargée d'affaires se durcit, elle semblait serrer la mâchoire.

« Pour moi, cette opération est bien plus importante que ça. »

Il ne put s'empêcher de dire :

« Plus importante que les échanges culturels ? »

Même regard tranchant. Puis son visage s'éclaircit. Elle fit un clin d'œil et lâcha un petit rire.

« Oui, plus que les échanges culturels, par exemple. »

En regardant autour de lui, il découvrit une jeune femme sur un tabouret de bar, à sa droite. Elle était restée tellement silencieuse durant leur conversation qu'il ne l'avait même pas remarquée. Dans sa tenue sombre, elle se confondait avec les tissus sales de la pièce. Ses sourcils vigoureux se rejoignaient au-dessus du nez et encadraient des yeux d'un gris presque blanc, comme de la cendre, brillant dans l'obscurité de plus en plus dense. De là où il était, il la voyait lorgner sur le côté, vers l'escalier peut-être ou vers la sortie. Au bout d'un court instant, elle pivota de quelques degrés et le regarda droit dans les yeux, ce qui le pétrifia. Il haussa les épaules, comme pour s'excuser, mais l'autre, le regard toujours fixe, ne réagit pas.

Cet échange muet n'échappa pas à la serveuse, qui cessa d'essuyer les verres et se tourna vers lui.

« Vous… vous aimez les femmes comme elle ? »

L'intervention le fit sursauter. Jusqu'ici, la serveuse ne s'était pas intéressée à lui. Amusée, la chargée d'affaires guettait la réponse sur son visage. Mais que répondre à cela ? La serveuse le devança :

« Vous ne seriez pas le premier, vous savez. Tous les hommes veulent cette fille parce qu'elle est tzigane. Vous aimez les femmes tziganes ? »

Elle articula exagérément ces deux derniers mots, avec une sorte de dégoût, comme si sa bouche ne pouvait les dire que contre sa volonté.

« Il y a des hommes qui aiment la saleté. D'autres qui aiment, disons, la saleté dans la saleté. C'est pour ça qu'elle est là. La plupart des clients ont peur d'elle mais ceux qui savent ce qu'ils veulent savent aussi où la trouver.

– Comment s'appelle-t-elle ?

– Ils l'appellent Carmen, répondit-elle d'une voix traînante, avant d'éclater d'un rire de corbeau et d'écraser sa cigarette dans un cendrier plein, vissé au comptoir. Excusez-moi. Qu'est-ce que je vous sers ? »

La chargée d'affaires secoua la tête.

« On va prendre deux bières. »

La fille sur le tabouret les observait toujours, à trois mètres d'eux tout au plus. Derrière elle, on apercevait une petite porte recouverte du même tissu abîmé que les murs, fixé par des rivets en laiton que les néons et les appliques rouges faisaient mystérieusement scintiller dans l'obscurité. Ils suivaient le contour de la porte et la détachaient du mur, la faisant flotter sur un fond incertain. Il fallait un effort considérable pour la distinguer dans cette lumière brumeuse.

On leur donna deux bières locales qu'ils burent au goulot, sans rien dire, par grandes rasades. Ils avaient la même façon de boire, avides et assoiffés, pensant à la prochaine bouteille dès la première gorgée. Il était heureux de partager ça avec elle, et pas uniquement une langue commune et le fait d'être de passage dans le pays (plus longtemps pour elle que pour lui, il est vrai). Ils étaient tournés l'un vers l'autre, elle avait son bras droit posé sur le bar et lui son bras gauche. Le volume de la musique les obligeait à se pencher l'un vers l'autre.

« Je viens parfois ici discuter avec Luza. Je ne viens pas pour l'endroit, mais parce que ça me rend plus forte. Ce travail de prévention que fait l'ambassade – enfin, le personnel humanitaire – me donne une bonne raison de passer. Luza nous en est reconnaissante. Grâce à nous, ses filles ne sont pas malades. Elles lui ont coûté cher, vous savez. Disons que c'est son capital, elle ne veut pas le perdre.

– Non, bien sûr.

– Mais… » Elle étouffa un soupir puis fit une courte pause. « Quand je viens ici, je perds un peu confiance dans le monde. »

Il haussa les sourcils.

« Pourquoi ? Vous faites pourtant un travail utile, dit-il, aussi enthousiaste que possible.

– Je connais bien les gens qui traînent ici. Quatre-vingt-dix pour cent sont comme vous et moi. Le reste, c'est la pègre locale. Rien que dans cette pièce, je pourrais vous montrer cinq personnes que je connais de vue et qui travaillent pour une institution présente au Kosovo : Commission européenne, Eulex, ONU, personnel d'ambassade… Dans une ville avec tellement de politiciens narcissiques et de fonctionnaires internationaux surpayés, il est inévitable que ce genre d'endroit prospère.

– J'ai lu des choses à ce sujet, dit-il. Il paraît qu'en Bosnie, au moment où…

– Mais c'est complètement différent quand on est sur place, coupa-t-elle brusquement. De voir ça de ses propres yeux. Et le plus gênant, c'est que tout le monde s'en fiche. Tous ceux qui sont dans cette pièce – elle désigna d'un signe de tête les tables derrière son épaule – se sont déjà rencontrés un jour ou l'autre dans un cadre professionnel. Mais c'est comme si cet endroit… comme si tout ceci n'existait pas. Alors que ça existe ! Vous comprenez ? »

Il fit signe que oui.

« Et il n'y en a pas un pour lever le sourcil quand ils me voient débarquer. Ils s'imaginent que je viens aussi pour les filles, que je cherche des petites chattes par cher. »

La grossièreté le fit sursauter, le mot semblait avoir été craché entre ses lèvres serrées. Il ne savait quoi dire. Il reprit une gorgée de bière dans la bouteille presque vide. Elle ne parlait plus, ses yeux balayaient la pièce sans exprimer d'émotion. Son visage dur, sculpté, se découpait sur le fond embrumé.

« Pourtant vous avez dit que cela vous donnait de la force de venir ici… »

Il alluma une cigarette et essaya de souffler la fumée dans la direction opposée mais l'air ne circulait pas et la chargée d'affaires plissa les yeux, l'air irrité.

« Je voulais dire que cela renforce ma conviction que les hommes sont capables de presque tout envers les autres hommes. »

Il tira sur sa cigarette, laissant les mots pénétrer en lui.

« Tout commence et tout finit ici. C'est peut-être ce qui m'attire dans ces endroits extrêmes. Là où tout est impossible… ou possible. »

Il opina en silence et lança un regard à la femme au tabouret. C'était impossible – oui, vraiment – et il aurait voulu demander des détails à la chargée d'affaires.

Mais celle-ci interrompit le flot de ses pensées par une question :

« Vous êtes chrétien ? »

La question resta un instant suspendue puis retomba car le rectangle sombre formé par les rivets s'était mis à bouger. La porte s'entrouvrit et la femme au tabouret se tourna vers l'entrebâillement. De l'autre côté, on apercevait un mur écaillé, un couloir gris clair – à présent plus net – baigné dans l'éclat de néons. La porte s'ouvrait vers l'extérieur, c'est-à-dire vers le bar. L'ouverture s'élargit de trente, quarante centimètres peut-être, et dans la fente on vit se dessiner la silhouette, mince et sombre, d'un enfant, un petit garçon mal peigné, avec un t-shirt délavé trop petit pour lui, qui passait la tête dans l'embrasure. Sa figure se détacha plus nettement dans le contre-jour et les traits de son visage, éclairés par la lumière de la salle, prirent forme peu à peu. Le petit garçon se tourna vers la femme au tabouret pour lui dire quelque chose à quoi elle répondit par la négative, brusquement, d'un mouvement de tête et d'un signe de la main, comme pour lui demander de refermer la porte. Mais le garçon n'écoutait pas, il observait la salle avec curiosité, posant les yeux sur ce qui était le plus près de lui, c'est-à-dire sur le couple qu'il formait avec la chargée d'affaires. Les yeux noirs sous la touffe de cheveux le fixèrent un instant. Il vit un garçon qui ne devait pas être plus vieux que son fils et qui lui souriait.

Une silhouette dans le couloir désert. Le visage de cet enfant lui déchirait le cœur. S'il avait continué à le fixer comme ça, il n'aurait pas su comment réagir à ce sourire désespéré et étrangement beau. C'était un tableau austère, comme un segment du monde où les strates d'ombre et de lumière auraient alterné et dont une porte, entrouverte un instant, aurait percé le sens insondable.

Cela ne dura que quelques secondes. La serveuse sortit immédiatement sur le côté du bar et gifla le garçon sur la bouche et sur la joue avec le revers de la main. Le petit pencha la tête, l'air soumis, et recula d'un pas. Puis la femme claqua la porte d'un violent coup d'épaule et le tissu rouge foncé se referma sur le rai de lumière. On n'entendit plus rien, la musique avait repris le dessus et couvrait les éventuels bruits derrière la porte.

Ses pieds étaient vissés au sol, lourds, attirés vers le bas. Il aurait voulu bouger. Il aurait voulu franchir les quelques pas qui le séparaient de la porte, l'ouvrir et appeler le garçon. Au lieu de quoi, il fixa la femme au tabouret qui s'était retournée vers la salle et plongeait à nouveau ses yeux dans le vide – gris, presque transparents – en affichant le même visage inexpressif qu'un peu plus tôt. En vain, il chercha à capter son regard mais elle ne le remarquait plus. Elle scrutait droit devant elle, mais aussi à l'intérieur d'elle-même, frottant et tordant ses mains sur ses genoux. Il ne pouvait pas bouger, à peine respirer. Il rassembla ses forces et se retourna vers la chargée d'affaires qui le regarda avec un mélange indescriptible de tristesse et de fureur.

« Ce petit garçon, qu'est-ce qu'il fait là ?

– À votre avis ? »

Le calme, l'assurance de sa repartie le laissaient sans voix.

« C'est le fils de cette femme, là-bas ? »

La chargée d'affaires acquiesça deux fois et vida sa bouteille de bière avant de s'essuyer la bouche d'un revers de la main.

« C'est un enfant de bordel, un fils de pute, quoi. Il y a toujours des clients qui ne veulent pas de préservatif, même quand ils sont gratuits. Certains sont même prêts à payer plus cher, s'il le faut. Avec tout le mal qu'on se donne… »

Il jeta un nouveau coup d'œil rapide à la femme du tabouret.

« Et donc, il vit ici ? Avec sa mère ?

– Bien sûr qu'il vit ici, répondit-elle à voix basse, comme pour elle-même, avant d'ajouter : Et il a sûrement un nom, aussi. Écoutez, je crois qu'on devrait y aller, vous en avez assez vu pour aujourd'hui, vous êtes tout pâle. »

Elle fit signe à la serveuse désœuvrée, qui se tenait dos au comptoir où s'alignaient les verres et les bouteilles entamées. Celle-ci lui adressa un signe en retour et ils posèrent leurs bouteilles sur le bar mal lavé. Le bruit sourd résonna dans ses oreilles, comme un crescendo. *L'airain qui résonne ou une cymbale qui retentit* : le verset de la Bible lui traversa l'esprit. Ils se dirigèrent vers la sortie, d'un pas vif et décidé, droit vers l'escalier, sans regarder le reste de la salle.

Dehors, il prit plusieurs grandes inspirations dans la nuit fraîchissante. Ses jambes tremblaient, il avait les mains moites, la sueur avait coulé le long de son dos. L'air froid le faisait frissonner de la tête aux pieds. La chargée d'affaires, silencieuse, marchait quelques pas devant lui et descendait l'escalier grinçant en métal. Elle traversa le parking et remonta par le virage où ils avaient croisé le véhicule aux vitres teintées, qui débouchait sur une plus grande artère, nimbée d'un halo jaunâtre. Ils n'échangèrent pas un mot jusqu'à une intersection où elle lui désigna une petite rue sombre et bordée d'arbres.

« Votre hôtel est par là, à cent mètres. Vous saurez le retrouver ? Bien. Alors à demain, neuf heures au bureau ?

– D'accord, bonne nuit. »

Elle marmonna quelque chose, peut-être un timide *dormez bien*, puis reprit le chemin par lequel ils étaient arrivés et disparut au coin de la rue.

Il resta là un instant, à la regarder s'éloigner, et prit en tremblant une cigarette dans son paquet défoncé. En fumant, il réalisa qu'il se trouvait exactement là où sa promenade avait commencé – il avait dessiné un grand cercle irrégulier –, au croisement de la rue de son hôtel et de la luxuriante avenue où se trouvaient les bars et les restaurants, à présent pleins de silhouettes, confuses dans l'obscurité, éclairées çà et là par les lampadaires jaunes. Les terrasses étaient bondées, presque toutes les tables étaient prises. Sur le trottoir, des bandes buvaient des bières à la bouteille ou dans des verres en plastique et s'agitaient fiévreusement dans la pénombre. Une impulsion le poussait à ne pas rentrer à son hôtel, à aller s'asseoir parmi ces jeunes gens pour changer d'atmosphère et se libérer du sentiment qui l'envahissait. Il savait que c'était un peu absurde mais comment, autrement, pourrait-il s'endormir dans cette chambre d'hôtel déserte, au lit inconfortable et à la vue sinistre sur la grande route ? Et puis, il avait déjà bu les deux bières gratuites du minibar.

Sans but précis, il entra dans un jardin où des tables mal éclairées avaient été installées sous d'énormes marronniers. Une foule s'était rassemblée au son d'une musique trop forte, dans une ancienne maison bourgeoise. Il s'accouda au comptoir encombré et commanda une pinte de bière, puis retourna dans le jardin s'installer sur un tabouret, devant une table haute. Portant la bière à ses lèvres, il contempla l'obscurité et écouta, derrière le rideau de musique et les conversations en albanais, le chant des cigales dans les lilas odorants, entre le jardin et la rue.

Il était près de onze heures, à présent. La fraîcheur s'était installée et il commençait à frissonner. Il essayait de comprendre ce qu'il voyait car tout le monde ici n'était pas client du bar. Une bonne moitié étaient des enfants ou des adolescents qui vendaient des produits dans des sacs en bandoulière ou des seaux en plastique : des paquets de mouchoirs, des sacs de noix, des cigarettes… Le plus étrange était qu'ils fussent si nombreux. Ils entraient et sortaient, se faufilaient en un torrent intarissable et passaient de table en table sans jamais être oppressants. Presque tout le monde les repoussait et ils n'insistaient pas. Ils n'essayaient pas de convaincre les clients rétifs, ils reprenaient leur chemin. Certains allaient par deux, la plupart étaient seuls.

Il alluma une autre cigarette en observant ce triste spectacle. Tous avaient le même air abattu, aucun ne semblait croire en ce qu'il faisait, leurs gestes étaient automatiques, sans énergie. C'étaient surtout des garçons mais un petit groupe de filles aux robes déchirées bourdonnait aussi dans le jardin, proposant ses articles aux clients. Soudain, elles s'approchèrent de lui, l'encerclèrent, comme si elles venaient de découvrir sa présence. Il n'avait pas la force de croiser leurs regards suppliants, il essayait de fixer le ciel au-dessus de lui, entre les branches du marronnier en fleurs. La lune, ronde et belle, apparaissait derrière les grappes blanches. Une légère ivresse le parcourut, au milieu de l'arc de cercle formé par les petites filles qui, au contraire des autres, étaient insistantes. L'une d'elles se colla même à sa jambe, effleurant sa veste, tirant sur sa manche. Mais il resta immobile, n'osant lâcher du regard la lune entre les branches pour le poser sur le visage de cette enfant. Une voix gronda les jeunes filles en albanais et le petit essaim s'éparpilla dans un crépitement de gravier. Il baissa la tête et remercia d'un signe la jeune femme en face de lui, qui alluma une cigarette sans répondre et retourna à la conversation animée de sa table, comme si rien ne s'était passé.

L'image du petit garçon du bordel lui revint, avec ses cheveux hirsutes et sales. Il essaya en vain de se remémorer les traits de son fils. Il attrapa son téléphone pour regarder la dernière photo qu'il avait prise de lui, une semaine plus tôt à peine, un visage à nul autre pareil et qu'il connaissait si bien. Son cœur s'emballait, menant dans sa poitrine un combat acharné, frappant fort, comme pour sortir. Il entendait sa propre respiration, presque haletante, comme si ses poumons étaient comprimés par une main nerveuse, sur un rythme irrégulier. Devant les yeux de son fils sur l'écran, il sentait chaque membre de son corps, chaque organe prendre appui sur cette image et sur ce sourire. Il voyait, surtout, l'autre petit garçon au sourire, au regard duquel il n'avait pas répondu et cela l'emplissait d'un profond chagrin. Un simple signe de tête, un mouvement, pour lui demander son nom, aurait changé quelque chose, aurait *tout* changé. Et même s'il n'aurait pas pu empêcher la gifle, partie trop vite, il aurait pu au moins protester, se manifester, interpeller la femme derrière le bar – simplement ouvrir la porte et appeler le garçon –, et son action aurait eu du sens. Quand bien même ça n'aurait rien changé à l'événement, il aurait laissé une marque, pris une distance.

Les images déferlent sur lui : son fils hurlant, rouge de colère, après qu'il l'eut attrapé par les épaules et secoué dans tous les sens, sa main qui avait voulu frapper la table et s'était cognée contre le bord, sa blessure à l'auriculaire, le petit garçon qui s'était débattu puis figé, sa propre voix, sans mots, inintelligible. En regardant sa main, il sent à nouveau le mouvement de balancier qui l'avait portée au visage de son fils.

Les muscles de son bras se tendent, ses doigts se crispent, froids et raides. Il ferme le poing plusieurs fois pour relancer la circulation. Il n'est plus là-bas, dans ce jardin de Pristina, il est ici, sur un trottoir de la rue Odengatan, perdu dans le grondement des bus et des passants énervés, enveloppé par la matinée grise. Et soudain, cette soirée si tangible un instant plus tôt s'éloigne comme une ombre, un souvenir qui aurait son existence propre, dont les traits grossissent, gagnent en netteté et, en même temps, se fondent dans la masse. Les toits au-dessus de sa tête, la coupole et la flèche de l'église s'effacent peu à peu. Il ne reste plus que le ciel, gris et déchiré, comme du vieux béton.

Un bruit familier lui fait baisser les yeux, deux clochettes qui tintent dans la poche de son pantalon, à travers le tissu. En cherchant le téléphone, ses doigts tombent sur la paire de gants et il jette un œil à l'horloge de l'église, sous la coupole. À l'école, la pause déjeuner est sûrement terminée et les enfants doivent retourner en classe. Il se souvient que les repas sont servis ridiculement tôt, surtout pour les plus jeunes. Comme il y a trop d'élèves et que la salle ne peut contenir que cent personnes à la fois, les pauses ont été raccourcies et avancées en fin de matinée. Après la leçon, les enfants passeront aux *activités périscolaires* et un animateur remplacera l'instituteur. Il a encore deux heures devant lui, cela devrait suffire. Il ferait mieux d'y aller tout de suite, pour être débarrassé. Il a déjà perdu un temps considérable et n'a pas avancé d'un pouce mais il ne peut quand même pas débouler comme ça, au milieu de la classe, avec sa paire de gants, au risque d'embarrasser l'enfant. D'un autre côté, s'il laissait les gants dans le vestiaire, sur l'étagère où le nom de son fils est écrit en lettres irrégulières sur une petite étiquette, il n'est pas certain que son fils les trouverait. Il veut lui donner cette paire de gants en mains propres et s'assurer que le garçon va les porter.

Il plonge la main au fond de sa poche et sort son téléphone. C'est elle. Elle doit venir aux nouvelles. À contrecœur, il appuie sur la bulle bleue de la conversation, qui laisse apparaître un long message pour lui rappeler ce qu'il doit faire : le garçon va à la piscine demain avec l'école – elle a oublié de le lui dire au téléphone – et elle ne trouve ni les lunettes ni le maillot qu'il exige de porter. Elle lui a acheté un nouveau maillot de bain cet été mais l'enfant ne veut rien savoir et il faudrait qu'il vérifie s'il n'a pas pris le vieux lors du déménagement. *Tu sais comme il est têtu*, conclut le message. En effet, il le sait.

Il se souvient vaguement d'avoir vu ce maillot, à côté du sien, sur une commode, et de l'avoir mis dans un carton ou une valise. À l'époque déjà, ce mois de juin lui paraissait déteint, comme mangé par le soleil. Elle était partie chez sa sœur quelques jours avec l'enfant, le temps qu'il règle certains détails, qu'il trouve une location de courte durée et emporte le reste de ses affaires dans un garde-meuble, au bout de la rue Sankt Erik. Il avait traversé ces pièces familières qui lui avaient semblé bancales, déséquilibrées, à mesure que ses affaires disparaissaient et laissaient derrière elles des vides et des creux, comme des traces de tableaux sur un mur.

Le maillot de bain et les lunettes avaient atterri dans le carton des affaires d'été, il en était sûr maintenant. Il les avait tenus à la main et s'était dit qu'il allait les laisser au garde-meuble puisque, de toute façon, il aurait quitté cet appartement sombre de la rue Tegnérsgatan avant l'été suivant. Un an maximum, avait dit l'agent immobilier en lui donnant les clés le jour de la signature, et peut-être même seulement jusqu'à Noël. L'appartement était réservé pour les habitants du quartier d'Östermalm, dont les immeubles devaient être ravalés. La rénovation avait été repoussée pour cause d'inscription au registre des monuments historiques – l'agent avait détaché les syllabes, d'un ton ironique, en levant les yeux au ciel, *mo-nu-ments-his-to-riques*, et s'était penché en arrière dans son fauteuil –, mais la procédure touchait à sa fin et les premiers locataires allaient sans doute arriver dans les six mois. Trouver un appartement dans ce quartier était presque impossible, même quand on était sur liste d'attente depuis plus de vingt ans. Il avait donc signé sans hésiter un bail avec un mois de préavis et récupéré la clé dans une grande enveloppe brune.

« C'est un appartement non fumeur », avait dit l'agent, qui avait au moins dix ans de moins que lui mais déjà un ton autoritaire.

Ses vêtements devaient sentir le tabac froid. Il avait été un peu surpris par la remarque, malgré tout, mais n'avait pas réagi, hochant la tête en silence, mécaniquement, puis avait serré la main molle que l'agent immobilier sortait de son costume bon marché. Il avait quitté aussi vite que possible ce bureau étouffant, au fond du quartier de Kungsholmen où il mettait rarement, voire jamais, les pieds. Pourquoi ce type, dans son minable costume gris clair, avait-il évoqué cette histoire de tabac ? L'endroit était un vrai taudis et à voir la couleur des murs, les anciens locataires n'avaient pas dû se gêner pour fumer.

Il ferme le message et met son portable en mode silencieux. Il va donc devoir aller au garde-meuble. La clé du cadenas se trouve sur son trousseau, dans sa poche. Il pense à la tache bleue qui doit être en train de se former autour de sa blessure. La douleur est supportable, mais lancinante. Il a noté dans son téléphone le code de l'entrée et celui de l'ascenseur. Il était à peine présent ce jour venteux de juin où trois jeunes déménageurs l'avaient aidé à entreposer ses meubles et ses cartons dans un box. Il n'avait pas su évaluer la place dont il avait besoin et avait loué un espace trop grand de deux ou trois mètres cubes.

Il prend une profonde inspiration et avance doucement sur le trottoir. Marcher est moins pénible qu'il ne le craignait. Les vertiges et les maux de tête ont presque entièrement disparu, comme si cette nouvelle mission – retrouver les lunettes et le maillot de bain – lui avait éclairci les idées. Son corps souffre encore de sa chute, mais il se sent fort, vigoureux, sa marche est légère. Il se dit que le plus dur est derrière lui, que cette journée ne présentera plus d'obstacle, il doit simplement s'acquitter de cette tâche puis, enfin, il pourra se diriger vers l'école, il lui reste encore une heure ou deux avant les activités périscolaires, il a encore le temps de donner les gants à son fils avant que celui-ci ne dévale le grand escalier avec le reste de son troupeau.

Respirer est plus facile à présent et il sourit à l'idée qu'il n'y a pas si longtemps, il aurait allumé une cigarette et laissé le murmure du tabac se répandre dans ses poumons. Cela fait deux mois qu'il a arrêté et ses vêtements ne sentent déjà plus. Il n'aura pas non plus le temps d'acheter un cubi de vin au magasin de la rue Odengatan, il doit se rendre au garde-meuble au plus vite. Hier encore, lorsque le garçon s'est endormi – comme la veille et l'avant-veille et comme tous les autres soirs depuis si longtemps qu'il n'ose pas faire le compte –, il s'est versé un verre de vin, puis un deuxième et sans doute en aurait-il pris un troisième s'il n'avait pas déjà fini la bouteille. À ce moment-là, seulement, il s'est déshabillé, d'un geste lent, maladroit, en pensant à l'avenir, fort de cette confiance qui l'accompagne partout mais qu'il sait fragile. Il s'est faufilé auprès du garçon dont le souffle l'a bercé, jusqu'à le plonger dans un profond sommeil sans rêve. Si l'insomnie avait eu raison de lui, il aurait endossé le rôle de veilleur et son fils, couché à ses côtés, n'aurait pas été seul. Il aurait été là, *quelque part*, même si ce n'était pas là où il aurait souhaité ou imaginé.

Sur le trottoir d'en face, une palissade bleue court le long de la rue Odengatan. Il passe rapidement devant le grand magasin Åhléns et l'épicerie 7-Eleven et attend patiemment au passage piéton. Le monde, tout autour, est trop lent. Le feu passe au vert… Il traverse, continue droit devant lui, dépasse les restaurants qui viennent d'ouvrir, les boutiques de mode et les rares magasins d'antiquités qui ont encore les moyens de payer les loyers stockholmois – protégés sans doute par des copropriétaires nostalgiques – et qui forment des touches de couleur dans la rue, comme les réminiscences d'un autre quartier, d'une autre époque.

Il approche du carrefour avec la rue Dalagatan, et le parc Vasa apparaît de l'autre côté de la rue, sur la gauche. Une vague déferle sur lui, comme celle qui annonce le début d'une nuit sans sommeil, qui ouvre chaque pore de sa peau et transforme son corps en un filet à grosses mailles laissant tout pénétrer sans distinction, jusqu'à succomber au tumulte incessant au fond de lui. Les voitures ralentissent pour s'arrêter au feu. Il traverse à toute vitesse, son cœur bat de plus en plus fort. Il longe le parc. Les arbres imposants de l'ancien jardin botanique répandent sur le trottoir des feuilles de différentes formes et nuances en fonction de leur degré de décomposition. Comme elles rendent le trottoir glissant, il passe sur celui d'en face, au niveau de la rue Hälsingegatan. Son élan le pousse vers le nord, vers l'avenue Karlbergsvägen. Il fixe l'horizon de la rue Odengatan, les arbres, les trottoirs, les petites boutiques, les façades imposantes. Son regard le porte, il engloutit des yeux tout ce qui se trouve sur son chemin. Au fond de lui, l'envie bouillonne, comme un torrent, juste sous la peau. Au croisement suivant, il aperçoit l'enseigne du magasin d'alcool.

D'autres boutiques défilent, sur sa droite : une obscure maroquinerie dans un entresol, un magasin d'antiquités (dédale tortueux, pile de meubles chancelants dans une cave où il a acheté autrefois des chaises disjointes et beaucoup trop chères à un homme qui ne voulait pas négocier), un magasin de vinyles pour collectionneurs nostalgiques… Il n'y est jamais entré mais il imagine que cette boutique, avec ses hommes barbus derrière la caisse et derrière les bacs, doit être similaire à celle de la place Sankt Erik où il allait fouiller adolescent, quand il prenait le train pour Stockholm. Il s'y sentait comme un profane, pitoyable, ridicule, incapable de reconnaître la valeur des articles. Et lorsque enfin il osait dire quelque chose, il s'ensuivait un silence, un tremblement de l'air, un vide autour des personnes présentes. Tout s'arrêtait, les yeux méfiants se tournaient vers lui et même le vendeur à qui il tendait sa découverte le scrutait du coin de l'œil, en tapant le prix sur sa machine.

Il traverse la rue Hälsingegatan, se dirige vers l'entrée du magasin d'alcool et s'arrête un instant pour observer la vitrine. L'Europe de l'Est est à l'honneur. Sur une carte, on a pris soin d'expliquer par des points rouges l'origine de chaque vin. Les bouteilles entassées proviennent de pays connus pour leurs vins bon marché, comme la Bulgarie ou la Hongrie. Mais pour une fois, ce sont les vins de qualité qui sont mis en avant et pas les cubis. Il y a des vins originaires de tous les Balkans mais aussi de Russie, de Moldavie, de Géorgie ou d'Arménie. Il sait, lui, qu'on trouve de bons vins dans ces pays mais s'étonne que le public de Vasastan soit prêt à surmonter ses préjugés. En réalité, il a même déjà goûté la plupart de ces vins. Combien de bouteilles n'a-t-il pas ramenées de ses déplacements professionnels ou bues sur place avec la délégation ? Pas seulement du vin, d'ailleurs, mais d'autres alcools que le magasin n'expose pas dans sa vitrine : des eaux-de-vie des Balkans, des brandys du Caucase, des liqueurs de la Baltique, des vodkas d'anciennes républiques soviétiques… Toutes ces bouteilles finissaient dans l'armoire métallique du bureau, réservée aux cadeaux de pays étrangers que les employées ne jugeaient pas intéressant de ramener chez eux.

À l'époque, il était encore courant de recevoir des bouteilles. C'était avant l'arrivée du nouveau directeur financier, un homme scrupuleux qui ne buvait jamais d'alcool. À peine plus âgé que lui mais déjà un vieillard, il avait immédiatement fait passer une circulaire sur les pots-de-vin et les avantages en nature. Le chef du service l'avait considérée d'un air indifférent et feuilletée au cours d'une réunion où le directeur financier présentait les grandes lignes de sa stratégie. Plongé dans la brochure, le chef de service l'interrompit pour pointer du doigt un élément sur la page.

« Je lis que les cadeaux alcoolisés doivent être "vidés de leurs contenus". C'est une plaisanterie ?

– Pas du tout. Le don d'alcool est une forme de corruption.

– Oui, oui, bien sûr. Enfin… jusqu'ici nous gardions les bouteilles dans un placard et nous les ressortions pour la fête de Noël, dit le chef, naïvement. Il me semble qu'il n'y a pas de mal à ça. Ce ne sont pas des cadeaux que les employés récupèrent pour leur profit personnel… »

Par-dessus ses lunettes, le directeur financier observa le chef de service. Celui-ci devait faire une bonne tête de plus que lui et pourtant le directeur rentra le menton et le regarda de bas en haut, l'air profondément méfiant, les yeux humides.

« Cela doit cesser immédiatement », dit-il avant de reprendre sa présentation, tandis que le chef de service reposait délicatement la brochure et se tournait vers son équipe en faisant une grimace comique, les sourcils relevés, la bouche triste.

Lui-même était assis à côté d'une femme en fin de carrière qui avait réussi, presque sans diplôme, à se hisser du poste d'assistante à celui de responsable pays. Mais pas question pour elle d'obtenir un poste à l'étranger, la hiérarchie n'avait pas cette souplesse. Tout au plus aurait-elle pu trouver une place au service de la collaboration, qui l'aurait conduite à partir en déplacement pour de vagues pays lointains et à recevoir des cadeaux, par exemple des bouteilles d'alcool, entre autres marques de respect. Elle se pencha vers lui en faisant tinter les breloques arabes qu'elle portait autour du cou et chuchota :

« C'est une question de respect ! Imagine qu'ils apprennent qu'on vide leurs cadeaux dans l'évier, tu parles d'une relation de confiance ! Et puis, on peut les garder sans les boire, non ? »

Il approuva d'un sourire. Il n'avait pas toujours rangé les bouteilles dans l'armoire à alcool – un vieux meuble en métal, au milieu des archives –, il en avait parfois ramené chez lui, surtout lorsque la bouteille était jolie ou que c'était un bon vin.

Gunilla – c'était son nom – hocha ostensiblement la tête et croisa les bras sur son chemisier écarlate. Il aimait bien cette femme. Elle avait pris soin de lui dès le premier jour, de façon presque maternelle. Ils étaient tous les deux entrés par la petite porte, même si lui avait des diplômes en rapport avec la coopération, notamment culturelle. Elle avait grandi à l'étranger, élevée par un père franco-marocain, et étudié les langues. Elle en parlait au moins cinq couramment, ce qui ne lui servait pour ainsi dire à rien, dans ce travail où seul l'anglais semblait avoir cours.

Avec les années, elle avait été promue responsable pays, en charge de quelques recoins oubliés du

Moyen-Orient, et travaillait désormais à un rythme indécent, sous l'autorité d'un supérieur prétentieux qui appliquait avec son équipe la vieille pédagogie à la française : briser pour mieux reconstruire. Et même si cela avait influencé la façon dont Gunilla abordait son travail, elle était la seule vers qui il pouvait se tourner dans ce service, comme collègue et comme être humain. Il aimait l'entendre raconter sa vie qui, au contraire de ses autres collègues, n'était ni conventionnelle ni linéaire. Gunilla avait longtemps vécu à l'étranger, au Maroc d'abord, puis en France et en Autriche. Elle était séparée d'un Indo-Britannique avec lequel elle avait eu deux enfants, un garçon et une fille dont elle lui parlait volontiers, surtout depuis qu'il était lui-même devenu père. Il les avait déjà rencontrés, un jour qu'ils étaient à Stockholm et passaient voir leur mère au bureau. Elle avait aimablement fait les présentations et ils lui avaient tout de suite plu. Ils étaient un peu plus jeunes que lui mais leurs vies semblaient plus palpitantes que la sienne, ils avaient l'esprit ouvert, chaleureux, tolérant.

En regardant les bouteilles dans la vitrine du magasin, il repense à la dernière fête de Noël, il y a moins d'un an, quand, dans un ultime acte de rébellion espiègle et enfantin, ils avaient sauvé quelques bouteilles trop luxueuses pour être versées dans l'évier – une liqueur de coing serbe, un cognac géorgien et une vodka ukrainienne au miel – et concocté un mélange étonnamment bon, qui leur était rapidement – trop rapidement peut-être – monté à la tête. À la table du sinistre dîner de Noël, Gunilla et lui s'étaient assis l'un à côté de l'autre, comme poussés par un accord secret. Gunilla avait été raisonnable, contrairement à lui, qui avait bu plus que d'habitude dans le cadre professionnel.

Il réalise aujourd'hui à quel point ce dîner et cette conversation avaient annoncé la suite. Car, bien sûr, ils avaient parlé de son fils, de ses caprices dont il ne venait pas à bout, de sa manière presque compulsive de se rebeller contre toute chose, de refuser de manger, de faire la sourde oreille ou de se cramponner quand il fallait partir à la crèche ou à l'école. L'alcool le faisait bafouiller, il s'en rendait compte. Et pour mieux l'entendre dans cette pièce bruyante, Gunilla devait se pencher par-dessus son assiette, les coudes sur la table, en position d'écoute. Elle s'était fait une coupe au carré lorsqu'elle avait intégré le service et portait des bagues et des bracelets cliquetants. Il s'était très librement ouvert à elle, grâce à la franchise, la bienveillance qu'elle lui témoignait. Et puis l'alcool aidait : trois grands verres à l'apéritif, les derniers avant que le nouveau directeur financier ne nettoie le service de toute son immoralité crasseuse.

« Tu n'as jamais perdu patience avec tes enfants ? Tu ne t'es jamais… mise en colère ?

– Bien sûr que si, répondit-elle. Mais il faut se rappeler que ce ne sont que des enfants. Qu'ils ne voient pas nos règles comme… importantes.

– Ça me rend fou, parfois. Ce gamin est tellement différent de moi. À mon époque, et à celle de tes enfants, on avait plus de respect pour nos parents, on les écoutait plus.

– Oui et non… Mes enfants avaient quand même le droit de se plaindre. Qu'est-ce qui t'énerve tellement ?

– Je ne sais pas comment dire… »

En réalité, il ne savait pas ce qui provoquait cette colère en lui, cette crampe qui lui remontait depuis le bas du ventre.

« … Nous sommes très proches, lui et moi. Je pense même qu'il est plus proche de moi que de sa mère, ce qui l'agace, d'ailleurs. »

Elle écarquilla les yeux et hocha la tête, comme pour signifier qu'elle voyait très bien ce qu'il voulait dire. Il réfléchit et eut soudain une vision très nette au milieu du brouhaha de la table. La question de Gunilla était un peu abstraite mais judicieuse, comme une sublimation du problème, une rationalisation.

« Je crois que c'est cet écart entre la confiance qu'il me porte et son caractère rebelle.

– La rébellion aussi est une forme de confiance, non ? Il a confiance en toi et ce n'est pas une question de… pression. Il essaie de créer un lien avec toi. En tout cas, c'est comme ça que j'essayais de voir les choses avec mes enfants. »

Il pensa à la relation qu'il avait eue avec son propre père, exempte de rébellion, justement. Il lui avait toujours obéi, sans pour autant être effrayé. Son père ne l'avait jamais frappé, presque jamais grondé. Au contraire, il s'était plutôt montré trop distant. Gunilla lui lança un regard inquisiteur à travers sa mèche. Sous les cils noirs et les paupières fardées de vert, ses yeux le regardaient fixement.

« Mais tu ne franchis jamais la ligne rouge, n'est-ce pas ? »

Il se versa un verre de vin dont il but la moitié d'un trait, laissant la question descendre au fond de lui. Il se balançait sur sa chaise, la main droite serrant le pied du verre, et laissait les images déferler : l'atlas routier qu'il avait lancé entre les sièges de la voiture quand ils s'étaient perdus dans une banlieue de Bruxelles l'été précédent ; son fils, par terre, qui se débattait parce qu'il ne voulait pas aller à l'école, lui qui sortait en claquant la porte et, sur le palier, le bruit de son fils qui cognait pour sortir ; un restaurant dans la campagne hongroise où le garçon avait jeté un verre qui avait éclaté en mille morceaux, avant de se mettre à hurler, si bien que les rares clients s'étaient tournés vers eux et qu'un serveur avait dû intervenir ; sa grosse main qui attrapait le bras de l'enfant pour l'arracher au toboggan, au coffre à jouets, à la télévision, au lit, pour l'emmener au bain, pour le sortir du bain, pour le traîner à travers les couloirs, les portes, les pièces…

« Non, je ne la franchis jamais. Pour le moment », ajouta-t-il dans sa barbe.

Elle se pencha pour le regarder de plus près et il sentit l'odeur de son parfum stimulant, pas comme celui des autres femmes du service, toujours trop lourd ou trop sucré. Elle lui demanda de répéter la fin de la phrase mais il refusa d'un mouvement de tête.

« Ne le fais pas. Ne franchis jamais la ligne. Essaye de trouver une forme douce, suffisamment explicite pour qu'il comprenne. Essaye, à tout prix. Vous avez peut-être besoin d'être plus… proches ? »

Elle marqua une pause, but une gorgée et balaya du regard la pièce devenue bruyante. Leurs collègues étaient de plus en plus ivres.

« Comment ça va dans ton couple ? Je veux dire, sans indiscrétion, est-ce que tout va bien avec ta femme ? »

Il sentit la brûlure sur le côté droit de son ventre, juste sous la cicatrice de son appendicite.

« Comment ça ? demanda-t-il.

– Tout va bien entre vous ? À tous points de vue ? »

Il n'avait rien à répondre à cela, il soupira lourdement et fit un mouvement d'épaule.

« J'imagine, oui.

– J'ai été longtemps seule avec mes enfants, ce qui n'est déjà pas simple. Mon mari a rencontré quelqu'un quand nous habitions à Vienne, c'est pour ça que je déteste tellement cette ville. Oui, je sais que tu aimes cet endroit et que tu as des racines dans l'Empire austro-hongrois, etc. Un jour, il nous a laissés pour partir avec cette femme. Même pas une femme plus jeune, non, ce serait trop cliché. Juste une autre femme.

– Je ne savais pas, dit-il en se demandant où tout cela allait le mener.

– Eh bien voilà. Ce n'est pas glorieux, je ne le raconte pas à tout le monde. Toujours est-il que je suis revenue en Suède. Mes parents étaient divorcés, eux aussi. Mon père vivait en France mais ma mère s'est occupée de moi et finalement tout s'est bien passé, très bien même. Je commençais tout juste à travailler ici. Mon Dieu, il y a déjà trente ans… Je n'étais déjà plus toute jeune et, pour tout le monde, j'étais rangée des voitures. Passé la trentaine, une femme célibataire n'est plus aussi séduisante, surtout si elle est en situation de *famille monoparentale* – elle insista sur ce mot, sans ironie, mais en l'articulant, comme si elle venait d'apprendre l'expression – à l'époque, c'était un truc de hippies… Le père de mes enfants venait les voir, parfois. D'autres fois, c'étaient eux qui allaient chez lui, à Vienne. Nous avions très peu de contacts. C'était normal, tu sais, pas comme aujourd'hui. Notre mariage ne marchait pas du tout et il n'aurait pas duré. J'ai compris plus tard que tout n'était pas blanc…

– Comment ça ? »

Dans la pièce, tout allait trop vite et on s'entendait mal à cause du brouhaha. Il se servit un autre verre de vin.

« C'est-à-dire qu'il avait des maîtresses, dit-elle avec un sourire équivoque. Alors qu'entre nous, il n'y avait plus rien… de physique. Avec le recul, je dois dire que je regrette de ne pas avoir fait comme lui. Car c'était ça le pire, l'absence d'intimité. À la fin, ça déteignait même sur les enfants : les suspicions, les disputes, les discussions sans fin, tout ça pour finalement faire chambre à part… Nous vivions dans un appartement magnifique, c'est vrai, mais beaucoup trop grand, comme conçu pour abriter deux solitudes. Quand je suis revenue en Suède, cette solitude est devenue intolérable. À l'époque, il n'était pas question pour une jeune mère de… – nouvelle grimace ambiguë – de *coucher à droite à gauche*. Tu comprends ? »

Il acquiesça et elle reprit son monologue.

« C'était horriblement frustrant. Je faisais de mon mieux avec les enfants mais ça ne suffisait pas. C'était un autre genre d'intimité, tu comprends ? Et pour rien au monde je ne me serais remariée, au grand regret de ma mère qui voulait toujours me caser avec des *bons partis*. Je ne voulais plus dépendre d'un homme, me retrouver coincée dans un mariage mort-né. Et puis – tu peux me resservir un verre s'il te plaît ? – et puis c'est arrivé. Je suis tombée amoureuse. En Autriche, ajouta-t-elle en levant les yeux au ciel. C'est l'ironie du sort, comme on dit. Je l'ai rencontré par le travail. Il était diplomate, divorcé lui aussi et nous savions l'un et l'autre que ça ne fonctionnerait pas. Il a même proposé de venir vivre à Stockholm mais je m'y suis opposée. Pourtant, l'intimité avec un homme ! La passion… ! On n'était plus tout jeunes mais on se ressemblait beaucoup. C'était incroyable. Et tu sais le plus incroyable ? On continue à se voir ! »

Il sourit. Il découvrait des aspects insoupçonnés de sa personnalité et il sentait combien cette confiance, cette franchise donnaient à leur conversation des accents de tendresse, à peine audibles, qui unissaient leurs deux visages. Une bulle invisible les séparait du reste de la pièce.

« Trois fois par an. Jamais en Autriche, Dieu m'en garde. Je déteste ce pays, encore aujourd'hui. Ce que je préfère, c'est quand on va à Venise, chaque année, début février, avant l'invasion des touristes, toujours dans le même hôtel. D'ailleurs, on ne sort presque plus de la chambre, sauf pour les repas. À nos âges, on a vu tout ce qu'il y avait à voir de la ville… On reste au lit, on parle pendant des heures. Je suis amoureuse comme au premier jour et… Qu'est-ce que je voulais dire ? »

Elle fit une pause avant de retrouver le fil de ses pensées, perdues dans un lumineux labyrinthe de désirs.

« Ah oui, voilà, tout ça pour dire que c'est l'*intimité* qui m'a sauvée. Avoir autre chose que les enfants ou que des gens auprès de qui me plaindre, comme mon ex-mari, ma mère ou mes amis, un homme qui était là quand j'avais besoin de lui et à qui je ne devais rien, qui ne me demandait rien. Et pour répondre à ton autre question : non, je n'ai jamais ressenti de colère contre mes enfants, plutôt un détachement, une fatigue, une irritation à la rigueur. On a tous besoin de cette proximité avec les autres, pas seulement avec les enfants mais en général, en tant qu'être humain. On a besoin de pouvoir se reposer sur quelqu'un, se laisser aller. Et je te dis ça, je ne suis pas une romantique – encore que –, mais c'est la chose la plus importante que j'ai apprise dans la vie : on a besoin des autres, besoin de personnes auprès de qui se perdre, lâcher prise, physiquement et spirituellement. Et il n'est pas nécessaire que cette proximité soit d'ordre charnel… »

Il observait son visage, sans rien dire, tandis qu'elle lui souriait en clignant des yeux. Il posa son verre de vin sur la table. Une vague de chaleur le traversa, renforcée par l'alcool. Il n'avait qu'une envie : se pencher vers elle et la prendre dans ses bras.

« Mais tu dois arrêter de boire, dit-elle gravement en posant la main sur le dessus du verre, comme un verrou symbolique. Et je sais de quoi je parle, à Vienne, j'ai valsé plus d'une fois ! » Le mot le fit rire. « Crois-moi, ça ne mène nulle part. »

Elle retira en silence la main de son verre et il renonça à le remplir. Les mains sur les genoux, il ferma les yeux et se laissa envahir par la chaleur qui irradiait de cette femme. Sa douleur s'était tue, de même que son envie de fumer, déclenchée un instant plus tôt par la conversation sur son fils. Elle se pencha en avant, les mains croisées sur le ventre, les yeux plongés dans les siens.

« Allez, c'est l'heure de rentrer à la maison. Je te raccompagne jusqu'au métro. Tu habites toujours à Vasastan ?

– Oui, près d'Odenplan », marmonna-t-il en se redressant de son mieux sur ses jambes chancelantes.

Elle passa son bras sec et nerveux sous le sien, un bras beaucoup plus fort qu'il n'aurait pensé, un bras auquel on pouvait se fier, comme à la branche d'un vieil arbre. Et c'est ainsi, bras dessus, bras dessous, qu'ils se dirigèrent vers la station de métro, laissant derrière eux la fête qui battait son plein.

Devant les bouteilles d'Europe de l'Est qui brillent dans la vitrine, il ressent le même espoir que ce jour-là, à la fois puissant et insaisissable. De faibles courants électriques traversent son corps et allument des points lumineux dans l'obscurité rouge, dévoilant un sentiment sans violence, surmontable, négociable. Après ce dîner de Noël, il avait essayé de repenser à ce que Gunilla lui avait dit, vraiment essayé, et ça avait peut-être fonctionné, quelques mois. Malgré les insomnies, il s'était efforcé de s'occuper de son fils d'une nouvelle manière, il avait diminué sa consommation de vin, le soir en tout cas, en semaine, et l'hiver dernier pendant quelques mois – ou quelques semaines – oui, ça avait fonctionné. Certains soirs, il s'était même endormi facilement et les réveils avaient été moins douloureux. Il avait aussi repensé aux mots de Gunilla sur la confiance, et peut-être le garçon avait-il été moins capricieux pendant quelque temps. Et puis tout était redevenu comme avant, sans raison apparente, sinon peut-être l'absence d'intimité dont avait parlé Gunilla, ou bien son état général, sa constitution, une résistance, un refus d'avancer, ou tout à la fois.

En levant la tête, il aperçoit son reflet dans la vitrine du magasin. Le contour de ses yeux est flou mais son regard est franc, apaisé. L'envie de boire l'a quitté. Le visage de Gunilla lui revient, sa mèche sur le côté, ses lèvres rouges, ses yeux scintillant sous l'ombre verte de ses paupières. Il tourne les talons, facilement, sans résistance. Ses pieds prennent appui sur le trottoir. Il repart vers le nord en laissant derrière lui les vitrines du magasin qui continuent de briller, encore et toujours, bien après qu'il les a dépassées.

Il remonte à grandes enjambées la rue Sigtunagatan en direction du nord, traverse au passage piéton l'avenue Karlbergsvägen, moins empruntée à cette heure de la matinée, puis prend la rue qui contourne la colline de Hälsingehöjden, ses rochers et ses grands arbres. Aux fenêtres du bâtiment bas et brun de l'école Montessori, on a scotché aux vitres des chiffres et des lettres de toutes les couleurs, aux côtés de planètes, de soleils, de lunes et d'étoiles. Il essaye de ne pas regarder les élèves qui écoutent leur professeur, penchés sur leurs cahiers, ou jettent un œil rêveur à la rue déserte.

Ses pieds le portent, sans effort. Dans le caniveau, un ruisseau gris charrie les restes de l'été, des gobelets en papier, des vieux mégots, des mouchoirs… Les feuilles virevoltent et s'abattent sur lui. Il est poussé par une force venue du fond de son ventre, ou de plus profondément encore, enfouie dans les entrailles de son corps, dans ses eaux souterraines. Le trottoir coule sous ses yeux et, de l'autre côté de la rue, les bâtiments défilent en sens inverse. Les grands ensembles du début du vingtième siècle, aux toits pentus et aux fenêtres voûtées, se mêlent aux habitations ouvrières du dix-neuvième, dont on a depuis longtemps détruit les pièces étroites et étouffantes, les latrines extérieures, les poêles en faïence et les cuisines partagées. Ils émergent aujourd'hui comme les ombres d'un siècle révolu, auquel il s'est souvent pris à rêver et qui lui fait peur : une époque de matériaux solides, de textures et d'odeurs concrètes, envahissantes, une période de crasse, de vermine et de désespoir, d'oppression et de domination. Il pense quelquefois à ces ombres, à ces ancêtres qui ont dû développer les faiblesses congénitales qui sont aujourd'hui les siennes.

Au niveau de l'avenue Vanadisvägen, là où le trafic est toujours plus dense, même le matin, il jette un œil par-dessus son épaule vers l'école de son fils. Mais la rue est trop longue et trop pentue pour voir quoi que ce soit. À mesure qu'il avance, les immeubles se font plus récents, marquant l'âge de la ville, comme les cernes sur un tronc d'arbre coupé. Après le dix-neuvième siècle, les années 1920 s'imposent le long de la rue Västeråsgatan, avec leurs immeubles bas en brique marron et leurs cours arborées. Il y a longtemps que les anciennes résidences ouvrières, conçues pour laisser passer l'air et la lumière, équipées et meublées avec le confort moderne – radiateurs, eau courante, cours intérieures –, ont été transformées en immeubles d'habitation. Il n'y a pas la moindre chance qu'il y obtienne un jour une place. Pourtant, après vingt ans sur liste d'attente, il finira bien *quelque part*. Ce ne sera peut-être pas idyllique mais il aura son fils à ses côtés et ce sera leur maison à eux, même si ce n'est qu'un deux-pièces avec kitchenette. Il voudrait que le reste de la semaine soit aussi léger que cette heure-là, que les jours passent comme ces maisons, le long du trottoir.

Le début de la journée est déjà loin, la tension et l'énervement du matin, la souris morte, la femme au visage couvert de sang, la visite médicale, l'homme de la bibliothèque qui ressemblait à Thomas, la femme de la rue avec ses yeux couleur de cendre, son inexplicable traversée hors des clous, le garçon qui l'a rattrapé, ramassé et amené à la clinique, les bouteilles de vin dans la vitrine… Tout cela, d'une certaine façon, est l'antithèse de ce qu'il vit maintenant, de ce qui le pénètre et s'impose à son regard, comme un rayon de soleil, presque aveuglant, à la surface de l'eau. C'est tout l'inverse de ce qui n'a cessé de l'inquiéter depuis qu'elle a appelé il y a quelques jours : la passivité, la torpeur, l'impuissance. Et tout ce qui s'est passé depuis, les inévitables caprices de son fils auxquels il a résisté, irrité, furieux même, toute cette spirale descendante se matérialise sur le béton gris du trottoir et devient presque palpable. Il a erré – il s'en rend compte en franchissant le dernier tronçon de la rue Sankt Erik que surplombe une école des années 1960 – il a erré et il s'est perdu. Mais il sait, désormais, où il doit aller.

Dans moins de deux heures, il retrouvera son fils. Il lui donnera ses gants et il ira s'asseoir dans un café une petite heure en attendant que le garçon ait fini de jouer avec ses copains, et le garçon n'aura plus froid. Il ira le chercher tôt et ils iront faire quelques courses pour le dîner – il pourrait faire ce ragoût hongrois dont son fils raffole –, puis ils rentreront à pied dans la nuit tombante. L'obscurité ne leur fera pas peur, elle les rapprochera, elle adoucira les angles et les arêtes. Il donnera à son fils les lunettes de natation et le maillot de bain et l'enfant courra à travers l'appartement en faisant semblant de nager, comme autrefois. Mais cette fois, il sera le seul public et profitera pleinement du spectacle. Il lui laissera du temps, il laissera à son fils le temps de faire tout ce qu'il voudra, balayant toutes les règles, les limites, les cadres qu'il a fixés, ils partiront tous les deux au loin et plus rien ne les contraindra.

Il traverse la rue. Le trafic est intense, le bâtiment industriel emplit peu à peu son champ de vision. De là où il est, la masse de briques rouges à la surface rugueuse produit comme les pyramides d'Égypte une illusion d'uniformité, de perfection, d'éternité. Mais en s'approchant, on constate que les lignes ne sont pas droites ni les surfaces régulières. Il passe le porche qui mène à la grande cour en forme de demi-cercle et revoit sa propre silhouette courbée empruntant ce même chemin, vingt ans plus tôt.

Ce soir-là, nerveux et un peu perdu, il avait suivi du regard les ombres qui passaient sur la cour et montaient les quelques marches métalliques vers la plate-forme de chargement, où un type entre deux âges tirait sur sa cigarette. Une porte en fer s'était refermée sur eux, puis le bâtiment les avait engloutis et ç'avait été le silence. De là où il était, il vit les corps disparaître et le murmure des voix s'éteignit brusquement, comme s'il n'avait jamais existé. Il grimpa à son tour les quelques marches, instables et grinçantes sous ses bottes, jusqu'à la plate-forme qui empestait le vieux diesel. L'homme à la cigarette lui adressa un signe de tête sous sa capuche.

« Vous allez à la poste vous aussi ? » demanda-t-il, bourru.

Il approuva en silence. Il ne savait pas quoi faire de ses mains, enfoncées dans les poches de sa veste. Il tripotait un paquet de Marlboro rouge, un paquet de dix. Peut-être avait-il le temps d'en fumer une avec cet homme, il avait quelques minutes d'avance. Mais l'autre jeta au loin sa cigarette rapidement fumée jusqu'au filtre. Un petit cône embrasé atterrit sur l'asphalte mouillé et s'éteignit aussitôt.

– Il faut monter. Le grand ascenseur sur la droite, continua-t-il sur le même ton, en montrant d'un signe de tête la porte par laquelle les autres avaient disparu.

Dans la remise poussiéreuse où avait lieu la présentation, il la remarqua d'abord à peine. Il était arrivé essoufflé, après avoir monté l'escalier quatre à quatre (l'ascenseur n'était jamais arrivé), et s'était retrouvé au dernier rang du public. Un demi-cercle s'était formé autour de l'orateur, un homme hirsute vêtu d'un cardigan, debout sur une caisse de courrier renversée. Il portait des lunettes en écaille posées sur le bout du nez et une barbe clairsemée autour d'une bouche bizarrement mince. Sa voix était profonde, engageante, mais ses lèvres, comme celles d'un ventriloque, semblaient ne pas bouger lorsqu'il déclamait ses remontrances et ses rappels au règlement. Entre cet orateur et lui, les hommes étaient grands et il fallait se tenir sur la pointe des pieds. C'est entre leurs épaules qu'il l'aperçut, les bras croisés au premier rang, de l'autre côté, dansant d'un pied sur l'autre avec un sourire plein d'ironie. Elle regarda dans sa direction, il crut voir son sourire s'élargir, peut-être même ses dents, puis il se concentra de nouveau sur le discours du responsable. Herman König, c'était le nom qui figurait, écrit à la main, en bas de sa lettre d'embauche au tri postal pour la période de Noël. Il n'osa plus tourner la tête vers elle, jusqu'à la fin de la présentation et cet effort qu'il devait faire, combiné au souvenir de ce sourire qui semblait lui être adressé – bien que ce ne fût sans doute pas le cas –, rendait l'exposé de König difficile à suivre. Ce dernier prêchait depuis sa chaire le respect des horaires et des routines : tout le monde allait très vite s'habituer, il en était convaincu car, enfin, on ne construisait pas non plus un réacteur nucléaire.

Il se traîna jusqu'à la cage de verre qui abritait le bureau du responsable. La liste était scotchée sur la fenêtre de la loge, un cube en contreplaqué peint en vert. En s'approchant de la vitre sale, il vit l'épouvantable désordre qui régnait à l'intérieur, en contradiction avec le discours que König était en train de prononcer sur l'ordre et la discipline et avec la netteté de la signature, en bas de sa lettre d'embauche. Ce bureau dénonçait une incapacité totale à s'organiser, témoignant du peu de valeur que le responsable accordait à son travail. À son âge, d'ailleurs, le rôle qu'on lui avait confié (roi du tri postal pour les cartes de fin d'année !) ne pouvait guère être un tremplin pour la suite de sa carrière. Dans un coin de la pièce, sur des sacs de courrier empilés, on distinguait une silhouette étendue. Plus tard, il verrait König lui-même y faire des siestes en fin de soirée, abandonnant les travailleurs fébriles dans l'air confiné de l'entrepôt sans fenêtres. L'allure dépenaillée du responsable, avec son cardigan et sa barbe de trois jours, allongé, genoux repliés contre la poitrine, comme un petit enfant ou un animal terré, le visage nu, dépouillé de ses grosses lunettes déformantes.

Il trouva son nom sur la liste et nota la zone dont il était responsable. Par hasard, c'était sa ville d'origine et quelques autres localités au nord du lac Mälar[1], et il se dit que le job n'en serait que plus facile car il connaissait déjà par cœur plusieurs codes postaux. Il se dirigea vers son poste de travail, une grande caisse en bois divisée en petits casiers. Autour de sa chaise, trois bacs étaient déjà remplis de cartes de vœux qui avaient subi un premier tri avant de passer à la suite du processus. La tâche était simple, monotone et, compte tenu des horaires difficiles – principalement de nuit –, il allait pouvoir se renflouer. Il pendit sa veste au dossier de la chaise, s'assit et attrapa une liasse de courriers dont il détacha l'élastique. Une odeur de poussière, de papier, d'électricité lui chatouillait les narines, des néons scintillaient au-dessus de sa tête. Il parcourait distraitement les courriers – mêmes dessins sans originalité d'un côté, mêmes vœux banals de l'autre – quand un parfum différent s'immisça, un parfum venu d'ailleurs, une présence, la chaleur vague et indescriptible d'un corps derrière le sien. Il tourna la tête et la vit, juste là, sur sa droite. Elle regardait avec curiosité par-dessus son épaule, avec le même sourire amusé qu'un peu plus tôt, lors de la présentation, les bras croisés sur un pull-over noir.

« C'est ta première année ici ? » demanda-t-elle.

Sa voix s'élevait au-dessus des raclements de chaises et de caisses en plastique, tirées sur le béton. Les conversations s'engageaient le long de la chaîne de tri.

1. Lac au bord duquel se trouve la ville de Stockholm. (*N.d.T.*)

« Enfin, j'imagine. Sinon, tu ne lirais pas ce qui est écrit sur les cartes. C'est somme toute très banal. »

Elle avait réellement dit *somme toute* et ces deux mots suffisaient à la rendre irrésistible.

« Même si parfois, on tombe sur des pépites. Dans ce cas, on met la carte sur le dessus de la pile. Tu verras, il y en a des gratinées. La meilleure sélection remporte une bière. C'est interdit, bien sûr, mais on fait toujours en sorte que le courrier arrive à temps. Il faut bien qu'on s'amuse un peu, nous autres esclaves de la poste, non ? »

Il approuva d'un signe de tête et, soudain conscient d'avoir la bouche ouverte, la ferma aussitôt, faisant claquer ses dents en un bruit agaçant. Il aurait voulu dire quelque chose mais le moment était définitivement passé. Il serra la main qu'elle lui tendait, une main fine et incroyablement douce dans la sienne, qui lui parut trop large et trop moite. Ils firent les présentations et elle s'assit sur la chaise d'à côté dans un mouvement qui correspondait à l'image qu'il s'était faite d'elle : vif, décidé, empreint d'une ironie chaleureuse et légère.

« On va être voisins, alors ! J'espère que tu vas te tenir tranquille, sinon je serai obligée d'exiger que König te trouve une autre place, continua-t-elle avec un clin d'œil. Mais ça devrait aller, non ?

– Je devrais y arriver.

– Tu ne m'en voudras pas si j'écoute de la musique, dit-elle en brandissant un walkman qu'elle avait calé dans l'un des casiers au milieu d'une collection de cassettes. On n'a pas toujours le courage de faire la conversation au milieu de la nuit et ça peut être très long. »

Elle avait rallongé la voyelle du mot *très* en faisant une grimace, les yeux endormis, frémissant, à demi fermés. Son sourire, ses mots, ses gestes pénétraient en lui sans résistance. Un tremblement fit s'estomper tout d'un coup le monde autour d'eux. Ils étaient comme protégés par une coque invisible.

« Tu habites où, d'ailleurs ? Loin d'ici ?

– À Lappis.

– Ah, d'accord.

– Mais à l'origine je suis de là. »

Et à ces mots, il montra sur la caisse le code postal de ses parents – ils avaient en charge la même région – et, volontairement ou non, frôla son bras en se penchant vers elle. Ce contact diffusa une chaleur sur tout un côté de son corps. Assise droite dans son fauteuil, en apparence détendue, elle fixait son doigt qui désignait les cinq chiffres sur l'étiquette.

« C'est comment là-bas ? Ça bouge bien ?

– Oui et non. Je n'y suis pas très souvent. Je suis parti depuis quelques années. J'ai fait mon service militaire, puis mes études à Uppsala… maintenant je suis étudiant ici. Et toi, tu habites où ?

– Dans le quartier sud. Rue Ertagatan. Une sous-loc. Enfin, une sous-sous-loc. Un truc merdique, mais bon, je suis fauchée, d'où ma présence ici, d'ailleurs. »

Elle leva les yeux au ciel.

« Ça m'aurait coûté moins cher de rester chez mes parents à Sollentuna mais, franchement, j'en pouvais plus. C'était trop petit-bourgeois. »

Elle soupira en se mettant à fouiller dans l'une des boîtes.

« Allez, on y va ! »

D'une main habituée, elle détacha l'élastique qui retenait la liasse et le passa avec agilité autour de son poignet gauche, comme un bracelet couleur chair.

L'image est précise dans son souvenir, les contours sont nets, comme les briques de la façade quand on les regarde de près. Il balaye le bâtiment du regard : *les stocks de vin*, c'est comme ça qu'on les appelait à l'époque, mais au tri postal, on disait simplement *les stocks*. Le bâtiment abritait autrefois le Centre national de vinification. Aujourd'hui, la partie nord était occupée par des dizaines de conteneurs en tôle, répartis sur plusieurs étages. Il avait lu quelque part que ce genre de services était en pleine expansion : les gens étaient incapables de jeter et comme ils achetaient compulsivement, il leur fallait entreposer une partie de leurs biens au garde-meuble. Il en avait trouvé plusieurs sur internet, pour stocker entre autres ses meubles et ses livres, tous dans le même ordre de prix pour la location à court terme qu'il envisageait. Instinctivement, il avait choisi le bâtiment où il avait rencontré la mère de son fils. Sur le moment, il n'avait pas perçu l'ironie de la chose.

Il passe la vitrine de l'enseigne de garde-meuble avec laquelle il a signé un contrat quelques mois plus tôt – malgré son vif dégoût pour l'endroit – puis ouvre la porte d'acier anonyme à l'aide d'un code noté dans son téléphone. Il traverse ensuite rapidement le couloir qui longe la voie d'accès à l'aire de déchargement, franchit une nouvelle porte d'acier et se retrouve face au grand ascenseur industriel, qui s'ouvre sur pression du bouton. Il tape à nouveau les cinq chiffres du code et sélectionne le septième étage. Mais au moment précis où le monte-charge va se fermer en grinçant, un homme se faufile dans l'ascenseur, forçant les portes automatiques, qui s'ouvrent à nouveau.

Un picotement au fond du ventre réveille sa douleur. Il aurait préféré être seul, traverser seul le bâtiment par ses boyaux, sans avoir à se préoccuper de qui que ce soit. C'est la première fois qu'il revient depuis le jour où il a installé ce cadenas beaucoup trop petit qu'il avait trouvé en fouillant dans les affaires de bricolage, à la recherche de quelque chose qui ne lui appartienne pas, à elle, et dont elle n'aurait pas l'utilité. Peu importe que ce ne soit pas solide et qu'on puisse couper le cadenas avec une pince. Ça ne l'aurait pas traumatisé qu'on lui vole ses affaires : quelques objets sans valeur, des livres, principalement des poches, tout juste bons à donner à des œuvres de charité qui pourraient les revendre pour trois fois rien ou les jeter sans même se donner la peine d'y coller une étiquette.

Il voudrait être seul. Il essaye de ne pas penser à l'homme qui vient d'entrer et qui le regarde maintenant, le scrute même, de l'autre côté du grand ascenseur. Il a environ son âge, l'air hagard et une barbe clairsemée, trop longue pour être qualifiée de barbe de trois jours. Ses cheveux sales et grisonnants sont attachés par un catogan. Les portes, d'une lenteur insupportable, se ferment finalement et l'ascenseur démarre. Il ferme les yeux pour éviter le regard de l'autre. L'ascenseur s'arrête dès le deuxième étage. Un jeune homme en sueur, les yeux caves, probablement un déménageur inexpérimenté, entre en tirant derrière lui un chariot plein de meubles.

« Vous montez ? demande-t-il, hors d'haleine.

– Oui, on monte », répond-il.

L'homme en face de lui semble sur le point de parler mais se contente de confirmer d'un mouvement de tête.

« OK, dit le garçon. Dans ce cas je vais attendre le suivant. »

Il hausse les épaules et rappuie sur le bouton. Les portes se referment en émettant un cliquetis, comme si quelque chose à l'intérieur était désaxé, que le mécanisme allait s'enrayer, l'ascenseur se coincer.

« Vous allez aussi au septième ? demande-t-il à l'homme en face de lui.

– Ouais, c'est ça, au septième », répond l'autre, tendu.

Des mots saccadés, qui sortent de son ventre plus que de ses cordes vocales.

Ils continuent à monter et l'homme le fixe toujours. L'ascenseur est vaste, plusieurs mètres les séparent. Dans la lumière blanche et artificielle du néon, il s'assure que cette personne lui est complètement étrangère. Le trajet est horriblement lent et lorsque, enfin, ils atteignent le septième étage, il fait un grand pas en direction des portes qui lâchent un grincement inquiétant, quand soudain l'homme se met à crier :

« Hey, mais on se connaît ! »

Sa voix est toujours aussi hachée. Puis, d'un ton un peu plus aigu, il ajoute :

« Attends, je descends aussi. »

Il envisage de ne pas répondre et de poursuivre sa route mais les pas derrière lui se sont arrêtés. Il se retourne. L'homme est sorti de l'ascenseur, lui aussi, il est maintenant planté devant lui. À cette distance, il voit mieux son teint cireux, son visage exsangue. Les pores de sa peau, ses vêtements déchirés – un jean noir moulant et un sweat à capuche crasseux – dégagent une forte odeur de tabac et d'alcool, l'odeur de quelqu'un qui ne s'est pas lavé depuis longtemps.

« Putain, je suis sûr qu'on se connaît. Merde, c'est fou… »

L'homme se gratte la barbe, les joues d'abord, puis le cou, il gratte avec ses ongles noirs, comme s'il avait un tic ou souffrait d'une démangeaison insoutenable.

« Tu ne serais pas un pote de Micke ? Micke Bäckan, Bäckan, ça te dit rien ? »

En guise de réponse, il hoche lentement la tête et s'efforce de sourire. Peut-être sourit-il vraiment, c'est possible car, après tout, cette situation est plutôt comique : comment pourrait-il connaître quelqu'un du nom de *Bäckan*, il n'a jamais rencontré qui que ce soit du nom de *Bäckan* et ça n'arrivera jamais. Il se demande d'ailleurs l'idée qu'un type pareil, manifestement brisé par la vie, peut se faire d'une relation entre lui et un soi-disant *Bäckan*. Son ventre le fait à nouveau souffrir, toujours au même endroit. L'air semble saturé de poussière, il a du mal à respirer.

« Non, je suis désolé, je ne pense pas qu'on se soit déjà vus.

– Mouais, peut-être… putain, je vois que dalle, j'ai niqué mes lunettes. J'étais sûr que je te connaissais. Désolé mon gars.

– Il n'y a pas de mal. »

Son corps tangue, prêt à quitter cet endroit au plus vite, à traverser le couloir et à disparaître. Mais il ne bouge pas. Il fait seulement un geste de la main.

« Je vais par là, dit-il finalement. Bonne chance, pour vos lunettes et pour le reste.

– Ouais, ouais. Mais t'es sûr que tu connais pas Bäckan ? Putain, je suis sûr… »

Il se gratte à nouveau le visage. La main reprend son travail obstiné de raclement, comme une danse maniaque, sur les joues, le cou, le menton. Et à la vue de ces ongles noirs, traçant des sillons rouges dans les trous de la barbe, il gratte la sienne, par mimétisme.

« Certain », dit-il.

Et son corps tout entier le porte loin, là-bas, là où il doit aller.

« Attends, t'aurais pas cent couronnes pour moi ? Comme je te disais, j'ai perdu mes lunettes. Il y en a pour vraiment pas cher, la promo *deux pour 99 couronnes*, tu sais. J'ai pas besoin d'un truc de grande marque mais franchement, je suis à sec. »

La voix n'est pas menaçante, plutôt désolée, soumise, lointaine, elle sait d'avance que ses prières ne seront pas exaucées. Sa main, pourtant, plonge malgré lui dans la poche intérieure de son manteau, d'où il tire son portefeuille pour y prendre la seule richesse qu'il contienne – un vieux billet de cinquante couronnes ramolli – et le tendre sans rien dire à l'homme en face de lui. L'autre ne comprend pas. Il reste là, les yeux dans le vague, comme perdus au-delà du billet. Il se gratte le visage encore une ou deux secondes, puis prend conscience du billet et le saisit d'un geste étonnamment brusque.

« Putain, trop cool, sérieux. Trop cool… », bafouille-t-il.

Il le plie trois fois de suite, jusqu'à ce qu'il ait la taille d'un timbre, et le glisse dans la poche de son jean moulant. Ses jambes – il s'en rend compte à présent – sont d'une maigreur maladive.

L'homme a les yeux baissés et murmure *merci, merci, merci*, en retournant vers l'ascenseur où il appuie sur le bouton et attend, les bras ballants. Il a disparu sitôt son billet empoché, sans même lui lancer un dernier regard. Et lui, enfin, peut revenir sur ses pas, marcher le long du couloir et, dès qu'il a passé le premier angle, s'arrêter pour souffler. Les portes de l'ascenseur continuent de s'ouvrir et de se fermer. Il va jusqu'au bout du couloir, jusqu'à une porte anonyme, comme les autres, fermée par un cadenas trop petit et derrière laquelle se trouvent les vestiges de son ancienne vie.

L'angle de l'immeuble n'est pas droit, ce qui donne à la pièce un aspect rétréci. Les meubles et les cartons sont empilés de façon moins chaotique que dans son souvenir mais les sacs pleins de papiers, en désordre dans un coin, provoquent en lui une sensation de fatigue. Le box est sombre, sans plafond, éclairé seulement par les néons du couloir, dont la lumière crue s'immisce par-dessus la paroi de tôle, comme à travers un filtre poussiéreux. Il avance vers les sacs et se penche pour regarder à l'intérieur. Il sait pourtant que les lunettes et le maillot de bain se trouvent dans un des cartons, empilés par quatre le long de la paroi, en colonnes instables, menaçant de s'écrouler au moindre frôlement. Ils sont remplis de vieux carnets de notes, de classeurs, de pochettes en plastique de toutes les couleurs, de feuilles de papier jauni, écrites à la main au cours de sa première année à l'université ou au lycée, de monceaux de vieilles photos, de CD, de cassettes, de tout ce qu'il n'a jamais osé jeter et a traîné de déménagement en déménagement, jusqu'au T2 de la rue Dalagatan.

Dans l'une des caisses, il retrouve la balle d'élastiques. Elle l'a suivi partout depuis le jour de leur rencontre.

Elle l'avait assemblée par ces nuits de décembre, dans le grenier de ce même bâtiment industriel. Les élastiques servaient à attacher les liasses de cartes de vœux et c'était à celui qui en amasserait le plus. (Elle avait gagné, avec une pelote d'au moins quinze centimètres de diamètre, composée de centaines, de milliers d'élastiques peut-être, qui rebondissait quand on la jetait sur le sol.) Il soulève la boule grisâtre pour la soupeser. Elle est plus légère qu'il ne pensait. La surface est rêche, le caoutchouc a séché depuis longtemps. S'il la jetait par terre, elle exploserait sûrement comme une planète en fin de vie et serait réduite en poussière.

Il repose délicatement la balle dans le sac et tombe par hasard sur une photo chiffonnée et écornée, perdue dans une caisse de souvenirs. D'une main tremblante, il l'approche de ses yeux : son père, dans le jardin de leur village, en Hongrie. Dans ses mains, deux énormes dames-jeannes dont les cols sont posés sur ses épaules et qu'il porte comme on porterait deux enfants assis. L'expression espiègle de son visage lui donne des airs de petit garçon. Impossible de ne pas y reconnaître son propre fils, impossible de comprendre comment son père a pu afficher cet air épanoui, fier et heureux. Il devait avoir l'âge qu'il a lui-même aujourd'hui et lui-même n'était encore qu'un enfant. Il ne se souvient pas du jour où la photo a été prise, sans doute par sa mère ou par quelqu'un de la famille, il ne devait pourtant pas être bien loin. La photo avait dû atterrir dans ses affaires quand ils avaient vidé le bureau de son père, dans l'ancienne maison. Ce jour-là, il n'était pas concentré, trop pressé de se débarrasser de choses qu'il avait par la suite regrettées et en gardant d'autres, au contraire, moins utiles. C'était tout de même une belle photo. Son père se montrait souvent exubérant et enfantin lorsqu'ils étaient au pays. C'était la tête qu'il faisait lorsqu'il allait voir les oncles, les cousins, les voisins, ces gens que pour sa part il n'avait jamais été capable de reconnaître et dont il pouvait encore moins retenir les noms. En Suède, son père était un autre homme, plus taciturne, plus sévère, plus lointain aussi, comme indifférent à ce qui se passait autour de lui. Même l'attachement quasi obsessionnel que son petit-fils nourrissait à son égard, sans qu'on sache vraiment pourquoi, n'avait pas suffi à le ramener au présent.

Il observe un long moment la photo. A-t-il vraiment empêché le garçon de voir son grand-père ? Est-ce sa faute à lui ou à la mère du garçon ? Elle avait toujours été sceptique vis-à-vis de son père – dont la présence exigeait parfois une certaine énergie – mais aussi de sa mère, qui était pourtant d'une réserve à la limite du supportable. Cette attitude braquée avait peut-être fini par déteindre sur lui ou peut-être était-elle enfouie au fond de lui, bien au chaud, indépendamment de tout souvenir concret et de toute image.

Ils n'avaient jamais fait ce voyage dont ils avaient souvent parlé – mais sans doute pas assez –, notamment depuis la naissance du petit. Ils n'étaient jamais retournés au village tous les trois, le père, le fils et le grand-père. Et ses parents ne leur rendaient presque jamais visite à Stockholm, c'était lui qui retournait dans la maison de son enfance. La mère du petit trouvait toujours une excuse pour ne pas les accompagner. Il faisait seul avec son fils les quatre-vingts kilomètres en train et son père venait les chercher à la gare dans une vieille voiture aux freins usés.

La dernière fois qu'ils s'étaient vus – avant que son père ne soit conduit à l'hôpital pour une attaque qui l'avait frappé de plein fouet, avant que son corps ne s'étiole lentement, jusqu'à s'éteindre huit mois plus tard –, il avait ressenti une profonde déception, un mélange d'amertume et de tristesse. Il ne s'était rien passé de particulier, pourtant, tout était comme d'habitude. Mais pourquoi son père ne pouvait-il pas se comporter normalement ? Pourquoi fallait-il qu'il soit toujours tellement *lui-même*, accroché à son histoire, buriné par les ans ? Pourquoi n'avait-il pas changé, même après la naissance d'un petit-fils tant réclamé ? Quand il avait vu l'amour inconditionnel que le petit portait à son grand-père, un amour muet, instinctif, qui ne ressemblait en rien au sentiment que lui-même nourrissait pour son père ou que son fils nourrissait pour lui, il avait ressenti ce qu'il fallait bien appeler, faute de mieux, une inexplicable injustice.

Au-dessus de la porte d'entrée de la pizzeria, la petite horloge venait de sonner. Installé sous un écran de télévision, les bras croisés sur son gros ventre (sans doute était-il constipé), son père se tourna distraitement vers lui et ouvrit la bouche, sans rien dire. Puis il fit un mouvement de tête pour indiquer une chaise de l'autre côté de la table et retourna à sa course de Formule 1. Il s'assit en face de lui. Son père ne détachait pas les yeux du poste, se contentant de dire sèchement :

« C'est ta mère qui t'envoie, j'imagine. »

Il ne répondit pas tout de suite, s'adossa à sa chaise et contempla ce visage si familier et qui lui semblait bouffi, dont les traits étaient creusés, accentués, dont la peau flasque avait perdu toute couleur.

« Non, pas directement, dit-il enfin. Écoute, on ne peut pas rester longtemps aujourd'hui. Maman a préparé un déjeuner. Elle dit que tu lui manques, ce serait peut-être bien que tu…

– Que je… ?

– Que tu viennes manger à la maison avec nous.

– Est-ce qu'*elle* sera là aussi ? » demanda-t-il brusquement en le regardant à nouveau.

Il était défiguré par ses lunettes, un modèle lourd et démodé. Ses yeux étaient larmoyants.

« Oui. Maman ne t'a pas dit qu'on venait ? »

Le père grommela et prit dans son verre une gorgée de bière tiède et sans bulles.

« D'accord, dit-il. On y va. »

Il vida son verre cul sec et le reposa d'un geste décidé mais sans violence. Puis il se leva, rangea sa chaise sous la table et se dirigea vers le comptoir. Après avoir échangé quelques mots avec le patron, il tendit un billet en indiquant d'un sourire qu'il ne souhaitait pas qu'on lui rende la monnaie – les pièces tintaient déjà dans la main du patron.

« Tu viens ? » cria-t-il en tenant la porte.

Il se leva à son tour et le rejoignit, penaud. En présence de ce père rigide, il ne pouvait se défaire d'une impression de soumission et d'humilité.

Ils marchèrent le long du trottoir désert. Il était deux heures de l'après-midi et le soleil d'hiver commençait déjà à baisser.

« Je ne m'y ferai jamais », dit le père.

Il savait ce qui allait suivre. En plus de quarante ans, son père ne s'était jamais habitué aux écarts de lumière entre les saisons. « ... et l'été, t'sais – il mangeait toujours la moitié de ces deux mots, ce qui trahissait ses origines étrangères –, ce jour qui ne tombe jamais, c'est encore pire. Pas étonnant que les gens se suicident dans ce pays. »

Mais l'éternelle complainte se perdit dans les airs, dissoute comme la buée qui s'échappait de leurs bouches. Il prit une cigarette et vit l'air désapprobateur de son père au moment où la flamme du briquet toucha le tabac, lorsque le mince papier s'alluma en un bruissement sec, étrangement bruyant, dans le froid.

« Tu ne voudrais pas arrêter de fumer ? T'sais que j'ai arrêté quand ta mère était à la maternité. Je t'ai déjà raconté. J'étais un gros fumeur, ça rendait ta mère folle. Surtout qu'à l'époque on n'allait pas se planquer sur le balcon comme aujourd'hui. Mais depuis le jour de ta naissance, plus rien. Tu devrais faire pareil. »

Il ne répondit pas. Il fuma rapidement puis écrasa son mégot dans un mélange de glace et de gravier, sans s'arrêter de marcher. Son père avançait avec difficulté, il avait le souffle lourd et ça le mettait mal à l'aise.

« Comment ça va pour vous ? » demanda-t-il à son père, hésitant et sans attendre de réponse détaillée.

À sa grande surprise, son père s'arrêta net et, du haut de sa silhouette pesante et ancrée dans le sol, prit un ton solennel pour dire :

« Pour être franc, on vit un enfer. Un véritable enfer.

– Comment ça ?

– T'sais, ta mère est… Je crois qu'elle déprime. Et qu'elle m'a contaminé… C'est pas seulement à cause de l'hiver. »

Il resta silencieux un instant, essayant d'encaisser ce que son père venait de dire. Il savait que sa mère n'était plus comme autrefois mais ces propos lui semblaient exagérés.

« Déprimée ? Vraiment ? Mais pourquoi ? Il s'est passé quelque chose ? »

Le père se racla la gorge et fixa le sol. Puis d'un ton neutre, sans le regarder, il prononça ces mots, distinctement, et chaque syllabe fut comme une aiguille plantée dans sa chair :

« Elle est triste à cause de toi. Et du gamin. Qui venez jamais la voir. »

Il resta muet. Il sentit son pouls s'arrêter. Des torrents de sang déferlaient dans ses veines, la sueur perlait le long de ses aisselles, dans ses mains, sur son cou.

« Mais… on est là ? Et vous savez que vous êtes toujours les bienvenus à Stockholm ! »

Les mots raclaient sa gorge.

Le père hocha lentement la tête et jeta son regard sur les longues rangées d'arbres qui bordaient la rue résidentielle de son enfance. Le pavillon n'était plus qu'à quelques dizaines de mètres, caché derrière une haie broussailleuse.

« Et maintenant, on rentre. »

Ce fut tout ce que son père trouva à dire. Il avança sur le gravier crissant, sans l'attendre et lui, immobile, laissa le reproche se propager dans tout son corps avant de courir le rejoindre.

« On peut aussi venir plus souvent, tu sais ! »

Il hurlait presque, quelques pas derrière la silhouette affaissée mais encore large et massive.

Le père bougonna quelque chose comme *ouais, ouais* ou peut-être la version hongroise aux voyelles sombres et traînantes. Avec les années, il avait appris que ce genre d'approbation, grave et fatidique, pouvait signifier tout et son contraire.

« Comment ça va, le boulot ? » demanda-t-il soudain.

Puis, sans attendre de réponse, il continua :

« Il serait peut-être temps que tu changes, non ? Ça fait combien de temps que tu es là-bas ? Si tu veux être augmenté, il faut te bouger un peu ! Le fils de László, t'sais, Misi, il a monté sa boîte. Il a quatre employés et une voiture de fonction. Tu devrais y réfléchir.

– Mais papa, Micke est menuisier ! »

Il préférait utiliser le diminutif suédois. Ils n'aimaient pas quand leurs pères les appelaient par leurs noms hongrois. C'étaient comme des greffes de corps étrangers qui ne leur correspondaient pas, qui semblaient désigner d'autres personnes, les placer dans un mauvais décor.

« Et alors, t'as un problème avec les menuisiers ?

– Pas du tout. Mais je ne peux pas monter une boîte comme ça, qu'est-ce que je ferais ?

– Consultant ? » risqua le père en haussant légèrement les épaules.

Il le testait, sans cesser d'espérer. Il tirait sur le fil pour construire une nouvelle toile.

« Ça doit bien exister des consultants en bureaucratie, non ? »

Combien de fois avaient-ils eu cette conversation sur l'importance de faire des études qui menaient quelque part et d'avoir un boulot honnête. Il avait cessé de se battre contre l'image figée que son père se faisait du monde. Il l'acceptait. Avec le temps, il avait pensé que ces préoccupations financières et professionnelles étaient justifiées par l'histoire de son père, par son parcours sinueux depuis un village de Hongrie *dans le dos de Dieu* à un pavillon de banlieue en Suède, par sa mutation de paysan à ingénieur civil, travaillant dur pour une entreprise de Västerort qui construisait de grands ensembles immobiliers dans les années 1970, et finissant sa carrière comme associé.

Cette histoire avait marqué son père, de manière nette, concrète. En tant que fils, il lui arrivait d'envier et, dans une certaine mesure, d'admirer cette existence poussée par la nécessité, dans une après-guerre qui avait dépassé les destins et les rêves individuels. Alors, malgré les objections de son père sur ses choix de vie, malgré ses suggestions de plans de carrière toutes plus folles et irréalistes les unes que les autres, il avait fini par renoncer à débattre, constatant que ses contre-arguments ne faisaient que glisser sur son père. Pourtant, ce soir d'hiver, dans cette rue résidentielle, il sentit une douleur sourdre au creux de son ventre. Devant l'allée qui menait à la maison de son enfance, là où il avait formé le rêve d'une vie plus grande, dans une ville plus grande, devant cette maison dont il avait fini par s'échapper, il éprouvait un sentiment d'amertume et de déception, peut-être parce que le reproche de son père contenait une part de vérité qu'il redoutait vertigineuse, démesurée et qu'il n'osait regarder en face.

Son père ne pouvait-il simplement accepter ses choix, comme il avait accepté ceux de son père ? Alors que ses seuls plaisirs aujourd'hui consistaient à téléphoner à de vieux amis hongrois et à boire une bière l'après-midi à la pizzeria, et que son fils était désormais adulte, ne pouvait-il pas admettre que ces choix, à défaut d'être ambitieux, n'étaient pas sans valeur ? Mais ce grand projet démocratique dont il essayait de lui parler quelquefois – bien qu'il lui arrivât lui-même de douter –, ce projet qui aurait pu les mener vers un monde meilleur, bénéficier à ceux qui y participaient, tout au moins faire des émules, ce projet, pour son père, ne valait pas grand-chose en comparaison de la boîte que le fils de László avait montée, dans le bâtiment.

Bien sûr, il ne pouvait pas savoir que ce serait leur dernière conversation sérieuse, que son père, un mois plus tard, serait privé de la parole par une attaque. Avec le recul, cela semblait justifier l'amertume qu'il avait ressentie dans l'allée de la maison. Cela faisait partie de l'inventaire, du grand bilan de la vie. Comme d'habitude, il avait pardonné à son père, et il avait peut-être compris pour la première fois que la rancœur, la déception, le sentiment d'injustice n'étaient pas incompatibles avec la tendresse et la confiance, avec l'amour inconditionnel. Il avait reconnu que tous ces sentiments s'entrelaçaient et fortifiaient les souvenirs qu'il aurait de son père le jour où celui-ci ne serait plus qu'une ombre, une voix au fond de lui.

À peine furent-ils sur le perron que la porte d'entrée s'ouvrit brusquement. Les autres les avaient sans doute guettés par la fenêtre. L'enfant se jeta au cou de son grand-père, qui pressa le petit corps contre le sien et lâcha, essoufflé, un rire tonitruant en le soulevant dans les airs. *Te őrült kis angyalom*, mon petit ange fou ! dit-il, et le garçon resta un long moment dans ses bras. Des sentiments contradictoires se débattaient en lui. De là où il était, il avait l'impression de voir une chose énorme, enterrée depuis toujours, qui sortait du sol et s'approchait de lui en silence.

Il observe encore un peu la photo puis la repose soigneusement dans le sac, parmi les papiers en désordre. Derrière lui, les cartons portent le logo rouge et noir de l'enseigne de garde-meuble. Il les avait achetés à l'accueil, beaucoup trop cher, et ramenés chez lui sur un diable qu'une réceptionniste à l'uniforme rouge impeccablement repassé avait eu la gentillesse de lui prêter. C'était la première fois qu'il venait et cette femme lui avait paru très compréhensive. Au début, il avait pris soin d'indiquer le contenu sur chaque carton mais arrivé au dernier, il avait fourré ce qui restait à la va-vite dans des sacs de supermarché.

Parmi ces colonnes alignées, il avise un carton marqué *vêtements-été* qu'il extirpe en soulevant ceux du dessus, délicatement, pour que l'ensemble ne s'écroule pas comme un château de cartes. Il le pose par terre dans le seul espace libre, devant la porte, puis déplie les rabats et commence à fouiller. Cachées parmi les t-shirts, les pantalons d'été, les maillots de bain et les shorts, il trouve les lunettes de natation, qu'il pose près de la pile de cartons, sur une vieille chaise de bistrot en bois foncé (une vraie chaise Thonet 1900, peut-être même plus ancienne, il l'avait toujours dit, mais elle s'était mis dans la tête que c'était une chaise des années 1980 et refusait tous les emplacements qu'il proposait dans leur appartement, si bien que le meuble avait fini à la cave). Il fouille encore un moment, jusqu'à trouver le maillot de bain rouge.

Le garçon avait appris à nager deux étés plus tôt, très jeune et presque sans aide. Ils avaient d'abord suivi des cours de natation le dimanche. Ils partaient ensemble tôt le matin et prenaient le bus 4 jusqu'à la piscine de Valhallavägen. C'était une sortie entre père et fils, car c'était lui qui avait insisté pour que le garçon sache nager, peut-être parce qu'il avait fait un cauchemar quand l'enfant avait deux ans. Il le voyait tomber d'un ponton et disparaître tandis qu'il restait là, sans rien faire, incapable de sauter dans le lac gris-vert où les cheveux de l'enfant flottaient comme une vague méduse avant de s'enfoncer dans les profondeurs. Ils descendaient à la station Stadion et finissaient à pied jusqu'à la piscine. L'hiver, les trottoirs étaient bordés de congères dans lesquelles l'enfant voulait jouer et ce n'était qu'après d'infinies négociations qu'ils arrivaient tous deux essoufflés au bâtiment de brique où se trouvait la piscine. Mais il n'y avait rien à faire : le garçon refusait de s'intégrer au groupe. Dans un premier temps, il ne voulut même pas se mettre à l'eau. Puis une monitrice en combinaison le convainquit de s'immerger au moins jusqu'à la taille, et il resta ainsi, les bras en croix, grelottant, prenant à peine part aux activités collectives.

Ils persistèrent néanmoins jusqu'à la dernière leçon, ou presque, car deux cours avant la fin, alors que les enfants faisaient des mouvements de jambes, une frite calée sous les bras, le garçon perdit le contrôle. La monitrice ne regardait pas – un collègue devait lui demander quelque chose – et cette seconde d'inattention suffit pour que l'enfant lâche sa frite et disparaisse sous la surface de l'eau. Lui-même attendait avec d'autres parents, dans une galerie qui surplombait le bâtiment étouffant de la piscine. Tout était allé très vite : le temps qu'il arrive au bassin, la maître-nageuse avait déjà plongé et ramené l'enfant à la surface. Ce n'était somme toute rien de grave (il avait seulement bu une bonne tasse), mais les images de son rêve lui étaient revenues en mémoire et lorsque le petit refusa de suivre les dernières leçons, il n'insista pas.

Lorsqu'on lui raconta l'incident, la mère se mit en colère et menaça d'appeler l'école de natation pour leur dire ce qu'elle en pensait. Il essaya de la calmer et sa colère se retourna contre lui. Pourquoi n'avait-il rien fait ? Pourquoi était-il resté les bras croisés à regarder leur fils se noyer ? Pourquoi ne prenait-il jamais aucune initiative ? Qu'est-ce qui ne tournait pas rond chez lui ? Il ne répondit pas à ces attaques mais, plus tard, lorsque l'enfant fut couché, il essaya de lui parler, d'un ton dur, qui résonna longtemps dans sa tête.

« Comment tu as fait pour te retrouver sous l'eau ? »

L'enfant était allongé parmi les peluches. Sous son bras, contre sa poitrine, il tenait un ours bon marché que son grand-père lui avait offert à la naissance.

« Je sais pas, répondit-il.

– Mais tu n'as pas essayé de nager, comme les autres ?

– Si, mais j'y arrivais pas.

– Nager, c'est comme tout, ça s'apprend. C'est comme marcher ou parler. C'est très important de savoir nager, sinon on ne pourra jamais aller se baigner, tu comprends ? C'est *très-im-por-tant.* »

Il entendait lui-même combien le ton était sévère.

« Mais je sais déjà nager, continua l'enfant.

– Ah bon ? Tu viens de dire le contraire.

– Oui, avec des brassards. »

Il sourit d'un air satisfait, comme pour dire : *Je t'ai bien eu.*

« Ce n'est pas pareil. Tu dois apprendre à nager pour de vrai.

– Mais je sais déjà. Avec des brassards.

– On réessaiera la semaine prochaine. Il ne faut surtout pas abandonner, maintenant que tu as les bases. »

Mais il savait que ce n'était pas vrai, qu'il n'avait pas les bases, qu'il s'était montré totalement passif durant les exercices et qu'il n'y avait rien d'étonnant à ce qu'il ait fini sous l'eau.

« Je veux pas », dit l'enfant.

Il fixait le plafond en serrant les dents.

« Je sais déjà nager !

– Mais il ne reste que deux leçons. Moi, je trouve qu'on devrait y aller.

– Non ! Je veux pas ! Je veux pas ! Je sais nager ! hurlait-il en se redressant dans son lit.

– Calme-toi ! » dit-il en essayant de forcer l'enfant à reposer la tête sur l'oreiller.

Des coups frappaient contre ses tempes, une force de plus en plus violente se propageait de sa poitrine à ses bras. Tandis que le garçon se débattait, il marmonnait entre ses dents *maintenant tu te couches*, en tenant son fils par les épaules pour le contraindre à s'allonger.

« Je veux pas ! Je veux pas ! Je sais nager ! hurlait l'enfant.

– Chut ! » fit-il, en entendant les pas de la mère qui traversait l'appartement.

Elle entra dans la chambre et s'approcha du lit.

« Mais qu'est-ce que c'est ? Qu'est-ce qui se passe ? »

Il lâcha l'enfant et se releva brusquement.

« Je te laisse prendre le relais. Il fait une crise pour cette histoire de piscine.

– Vous avez vraiment besoin de parler de ça maintenant ? » demanda-t-elle en s'asseyant au bord du lit, tout en caressant le front de son fils.

Il ne répondit pas, sortit en tirant la porte un peu trop fort, faisant vibrer le chambranle. Du couloir, il entendit la voix de la mère qui s'efforçait de rester calme : *Tu sais, ce que papa veut dire c'est...* mais la suite lui échappa. Il traversa l'entrée sombre et se réfugia dans la cuisine.

L'été suivant, dans un village du lac Balaton où ils passaient deux semaines de vacances et d'où ils pouvaient se rendre chez des vignerons ou des cousins avec lesquels ils avaient gardé le contact, le petit apprit à nager tout seul. Il sortit triomphalement de l'eau et vint le chercher sur la plage, où il lisait un livre, pour lui montrer les mouvements qu'il savait faire et qui, sans être parfaits, lui permettaient de ne pas boire la tasse. Il resta près de lui, sur le banc de sable, dans cette eau d'un bleu irréel, pour lui donner quelques conseils. Avec fierté, il observa les mouvements maladroits et saccadés de son fils qui avançait dans l'eau.

« Tu vois ! dit-elle en souriant, le visage détendu et bronzé. Il s'en sort très bien. »

Pourtant, il imaginait encore que son fils pouvait disparaître à tout moment dans les profondeurs pendant que lui resterait immobile, de l'eau jusqu'aux mollets, retenu par la vase sous la fine couche de sable, et que les cheveux de l'enfant ondoieraient comme un plumeau à la surface, avant de s'enfoncer dans l'eau trouble.

Le maillot à la main, il se remémore les événements de la journée : sa chute, sa blessure à la hanche, son mal de tête, ses vertiges, toutes les images s'insinuent en lui. Son corps est la proie d'une effroyable invasion, pénétré d'une profonde fatigue, à un moment où, innocemment occupé à autre chose, il est le plus exposé aux coups. C'est un abattement auquel il ne peut échapper, qui plonge en lui, le transperce. Ses pieds pèsent une tonne, il doit s'asseoir pour ne pas succomber à leur poids.

Il pose le maillot et les lunettes sur la chaise de bistrot qu'il repousse sur le côté au prix d'un effort disproportionné puis, dans un soupir, il se laisse tomber dans un fauteuil 1930 au revêtement brunâtre déchiré qui avait, lui aussi, fini à la cave. Le fauteuil n'est pas confortable, le rembourrage sort par en dessous et creuse sur l'assise une ride profonde, comme un ravin. Son corps s'y enfonce cependant : il est chez lui dans ce vieux meuble, il en prend la forme, la nuque contre le dossier, les avant-bras sur les accoudoirs en bois, la tête tournée vers la porte en métal gris. Il fixe l'intervalle entre la paroi et le toit, par lequel s'immisce la lumière des néons.

Avec une netteté implacable, il voit comment les événements du printemps l'ont mené jusqu'ici, dans ce garde-meuble sinistre, comment il est tombé dans le cercle vicieux classique de l'exaspération à la froideur, de la colère au renoncement. Rien, pas même l'épisode du bordel de Pristina, qui aurait pourtant dû lui ouvrir les yeux, rien ne l'avait empêché de franchir ce que Gunilla appelait la *ligne rouge*. Il réalise à présent que cette nouvelle période, trop longue, interminable, qui est la seule chose réelle, pas *en dehors de l'espace des faits*, dont il est le maître, dans ce box, parmi les vestiges de sa vie, que cette période, comme le rayon de lumière par-dessus la paroi, porte aussi l'espoir d'une vie nouvelle ou du moins presque nouvelle car en surface tout restera, incrusté comme la cicatrice sur son doigt et celle sur sa hanche qui apparaîtra sitôt la plaie guérie. Et les racines de ces marques indélébiles pénètrent au plus profond de lui.

Soudain, la citation qui lui était revenue par bribes dans les toilettes de la clinique surgit devant lui, comme écrite au néon. Peut-être pas les mots exacts – il n'est pas doué pour retenir par cœur – mais c'est sans importance. Tout se remet peu à peu en place. Il s'agissait d'hommes qu'on ne *pouvait pas conduire vers le bien*, qu'on pouvait seulement conduire *à tel endroit ou tel autre*. Cet *endroit,* qui lui avait manqué tout à l'heure, est fondamental. C'est là, seulement, qu'on peut être poussé car le bien, qui se trouve au-delà de cet *endroit* et auquel tout homme doit aspirer, sans aide ni guide, est *en dehors de l'espace des faits*. Il se lève et se dirige vers la pile de cartons marqués *livres*. Il en prend un au hasard, fouille parmi les vieux poches mais abandonne rapidement : ce qu'il cherche n'est pas là. Il ouvre un autre carton.

Au troisième seulement, il retrouve le livre : un volume fin, à la couverture jaunie et à la tranche marron. Il se laisse tomber dans le fauteuil et feuillette l'ouvrage. Les lignes sont serrées, il a écrit dans la marge et souligné des passages, griffonné des points d'exclamation, mais les notes s'arrêtent au bout d'un tiers du livre environ. Il avait dû vouloir le lire, comme tant d'autres, puis l'abandonner. Pourtant les mots avaient le pouvoir d'enclencher des mécanismes qui lui faisaient voir les choses avec clarté, selon des schémas, le pouvoir de déchirer le voile tendu entre lui et le monde, d'y faire des percées qu'il aurait voulu élargir, avant d'y renoncer. À la onzième page il retrouve l'aphorisme, convaincu que cette phrase soulignée sera aussi déterminante que la première fois qu'il l'a lue. Avec un peu de persévérance, elle va lui permettre de se réconcilier avec le monde. Encore un petit effort, et ce ne sera pas plus difficile que d'ouvrir un cadenas avec une clé. Mais il la relit et la trouve un peu décevante, banale. *On ne peut conduire les hommes vers le bien ; on ne peut les conduire qu'à tel endroit ou à tel autre. Le bien est en dehors de l'espace des faits.* Et puis, malgré tous les doutes, malgré la résistance, il sent une chaleur se dégager peu à peu de ces mots et l'envahir comme des milliers d'insectes, tendres et amicaux, qui lui reviendraient d'un été lointain. Il se souvient de ce que Gunilla avait dit sur la proximité entre les êtres, que c'était le principal enjeu, être proche de son fils, mais qu'il existait une autre forme de proximité, destructrice, comme un besoin vital. N'était-il pas parvenu *à un endroit*, lui aussi, au cours d'une longue nuit d'été sans sommeil ? N'avait-il pas été guidé au sein même de cet *endroit*, où il avait aperçu, dans la déliquescence du corps et du désir, la possibilité fugace d'une vie nouvelle, une vie qui aurait plus de sens, dont l'objectif ne serait pas inatteignable ni absurde ?

Il ferme les yeux et retourne aux broussailles dans lesquelles il essaye de se frayer un chemin. Chaque jour est un combat contre les éléments, contre son propre corps, contre les vastes journées sans couleur, et dans ce combat se dessine une brèche, furtive mais concrète, réelle : une pluie de lumière à travers un feuillage touffu. Un ami lointain qui avait téléphoné durant l'été. On l'avait beaucoup appelé après la séparation mais il répondait toujours par SMS, pour dire qu'il rappellerait plus tard. Cette fois-là, il avait décroché.

L'ami habitait à la campagne, sur une île au sud de la ville, à l'emplacement d'une ancienne carrière de calcaire. L'endroit avait quelque chose d'irréel, à la fois généreux et aride. La mer était proche, les nuits d'été et les aurores diffusaient des reflets magiques. Cet ami s'était installé là malgré les difficultés pour rejoindre la ville tous les matins, et les invitait chaque année à venir fêter la Saint-Jean. Et chaque année, ils acceptaient. Mais le garçon s'y ennuyait, il n'y avait pas d'autres enfants avec qui jouer, aucun en tout cas avec qui il fût prêt à établir le contact. De son côté, il était très excité de retourner dans cette vieille maison, de voir ses amis d'enfance partis mener des vies différentes, même si femme et enfant ne partageaient pas son plaisir. Alors, malgré tout, par goût pour l'endroit ou par besoin de voir des gens qui comptaient pour lui, il avait accepté l'invitation, une fois de plus. Son ami était venu le chercher à la gare, où grouillait une foule de Stockholmois venus passer la Saint-Jean à la campagne, chargés de paniers de nourriture, de bouquets de fleurs et de gilets de sauvetage fluorescents.

Dans la voiture, ils n'échangèrent pas un mot. Il y avait trop longtemps qu'ils ne s'étaient pas vus pour parler simplement de la pluie et du beau temps. (C'était pourtant une belle journée, ensoleillée, avec un léger vent venu de la mer, au lieu de la pluie et du froid qui sévissent d'ordinaire à cette époque de l'année.) Quelques habitants de l'île avaient été invités, certains vivaient là à l'année, d'autres y avaient seulement une résidence secondaire. Ils assistèrent aux festivités dans l'ancienne carrière, où adultes et enfants dansèrent en costumes autour du mât de la Saint-Jean couvert de branches. Enfant, il se sentait étranger à cette tradition et, aujourd'hui encore, il avait du mal à supporter la vue de ce serpent humain qui se dépliait sur l'herbe en dansant.

Dans la soirée, alors qu'il faisait encore jour et qu'il fumait seul sur la terrasse à une dizaine de mètres de la mer, une femme vint lui parler. Plus tard, il se souviendrait de ses innombrables taches de rousseur que faisait ressortir le crépuscule blême, de sa peau qui semblait éclairée de l'intérieur, de sa voix à la fois franche et réservée. Ils parlèrent longtemps, en fumant. La conversation était désinvolte et même un peu superficielle mais elle les sortait de leur quotidien et c'était suffisant. Il en oubliait même de boire son verre de vin, posé près de lui sur une petite table de jardin en métal. Elle proposa d'aller marcher au bord de l'eau. Par la porte ouverte, il avertit son ami qu'ils allaient faire un tour et l'autre répondit par un geste lointain. La fête battait son plein. On avait monté le volume de la musique et il éprouvait un sentiment de sécurité en pensant à ces visages familiers, à la lueur des bougies et des lampes à pétrole, comme il n'en avait pas éprouvé depuis longtemps.

Ils marchèrent côte à côte, le bras nu de la femme frôla plusieurs fois la manche de sa chemise. La soirée était plus fraîche qu'ils n'avaient pensé, aussi accepta-t-il lorsqu'elle proposa de se réfugier chez elle. Il n'avait guère envie de retourner à la soirée où l'ambiance s'était échauffée : la compagnie de ces gens lui était familière mais il s'y sentait enfermé, comme dans une bulle invisible et infranchissable. Il la suivit donc, parce qu'elle lui avait immédiatement plu et parce que sa présence l'enveloppait d'une sérénité en accord avec cette longue nuit d'été. Elle le conduisit en haut d'un escalier tortueux qui menait au seul village de l'île. La maison, de construction récente, n'appartenait pas au village d'origine, qui s'était développé au vingtième siècle autour de la carrière. Elle était moderne, toute en bois, pas très différente de celle où il avait grandi : un chalet de catalogue qui imitait les habitations traditionnelles suédoises. L'entrée était étroite, jonchée de chaussures et de vêtements d'enfants (lesquels devaient avoir environ l'âge de son fils, à en juger par les tailles) mais aussi d'imperméables et de bottes en caoutchouc crottées. Il retira soigneusement ses chaussures et les posa sur le paillasson ; elle lança d'un coup de pied ses sandales à travers la pièce.

Dans l'entrée, déjà, elle lui parla de ses enfants, un garçon et une fille. Elle était divorcée depuis plusieurs années. Les enfants vivaient avec elle une semaine sur deux et le reste du temps chez leur père à Järna, où se trouvait aussi leur école. Elle travaillait à l'hôpital de Huddinge mais estimait que la vie sur l'île justifiait ces longs trajets, avec ou sans les enfants. De fait, elle avait dû passer son permis et acheter une voiture – elle qui avait toujours été dépendante de son mari –, et cette voiture, malgré le coût et les désagréments qu'elle impliquait, lui procurait un sentiment d'indépendance comme jamais auparavant. Lorsqu'elle roulait seule à travers la plaine, dans l'aube ou le crépuscule, sous la pluie ou la neige, dans le brouillard ou la lumière vive, elle se sentait libre et, pour la première fois peut-être, affranchie du monde. Il expliqua vaguement sa propre situation amoureuse, en restant laconique, en omettant l'essentiel – en omettant tout, en fait –, et il lui sembla qu'elle comprenait. Du moins ne posa-t-elle aucune question, ne demanda aucun détail, et lui, de son côté, ne chercha pas à savoir ce qu'il préférait ignorer. Ils furent d'accord pour dire que cette vie sans enfants, séparés de ceux qui étaient autrefois le centre de leur existence, était comme une navigation en solitaire, difficile quand on n'était pas marin. Paradoxalement, elle appréciait cette solitude, ou plutôt elle avait appris à la dominer, à l'apprivoiser, comme elle l'avait fait avec sa voiture, pour être quitte, pour créer quelque chose de nouveau. Quant aux enfants, ils étaient là malgré tout et revenaient toujours.

Ils étaient présents partout dans la maison, sous forme de vêtements et de jouets éparpillés, de dessins, d'assiettes en plastique, de craies, de livres colorés. Elle ne s'excusa pas pour le désordre, ne fit aucun commentaire. Et là, dans cette maison, il ne put s'empêcher de penser que lui aussi pourrait avoir ce genre de vie. Au cours de cette soirée, où la nuit avait tout de même fini par tomber, il projeta pendant une seconde son histoire dans la sienne, au milieu de ce désordre, de ce grouillement qui reflétait son dévouement maternel, sa disponibilité mais aussi, en arrière-plan, sa solitude. Et cette solitude n'impliquait pas nécessairement qu'elle souffrît de l'absence des enfants, de leur perte ou de leur manque. Dans cette fissure à travers le temps, il crut voir les nouveaux contours de sa propre vie, où le passé lointain était éclipsé par le présent et l'avenir proche.

Elle servit deux grands verres de vin et s'assit sur une chaise de bar, à côté d'une table et d'un banc de cuisine. Ils burent chacun une gorgée et elle leva son verre en déclarant d'une voix profonde :

« À la solitude », alors !

Dans sa bouche, ces mots n'avaient rien de triste. Du haut de sa chaise, elle se pencha vers lui, resté debout près du bar, un verre à la main, et approcha son visage. L'odeur de sa peau se mêla à celle de ses cheveux. Un mélange d'eau de toilette, d'alcool et de tabac flottait autour d'eux. Lentement, elle lui passa la main derrière la nuque et lorsque leurs lèvres s'approchèrent, il sentit pour la première fois la chaleur de sa peau. Leurs nez s'entrechoquaient, il voyait mieux ses yeux. Ils n'étaient pas bleus mais légèrement verts, et il comprit plus tard qu'ils exprimaient autant le chagrin que le désir. Il ressentait la légèreté, sinon la fragilité, d'un sentiment dont il savait qu'il ne durerait pas. Quelque chose de souple, d'organique, de vivant.

Aucune résistance ne vint entraver ce baiser, tout était à nu, rien ne pouvait les arrêter, leurs mouvements étaient irréversibles. Ils étaient sur Terre dans un lieu à la fois confiné et infini, où tout était tendre et doux, puissant et agile, d'une clarté totale. Elle se pencha tout entière contre lui et il sentit sous le chemisier entrouvert la chaleur de son corps. Le décolleté s'ouvrit un peu, découvrant la peau pâle de son épaule, couverte de grains de beauté, puis elle pressa l'intérieur de sa cuisse contre sa hanche et il posa son verre de vin pour lui caresser le dos, le long de la colonne vertébrale. Sa peau était incroyablement fraîche et sèche. Il sentait saillir chaque vertèbre, son index suivait les protubérances, régulières, douces et dures, qui faisaient jaillir en lui une impression exponentielle d'irréel.

Ils ne pensaient pas – accrochés, agrippés l'un à l'autre – et cette absence de pensée ne pouvait signifier qu'une chose : que tout prenait forme, que leur étreinte ne concernait pas seulement les corps mais se propageait à travers la pièce, les meubles, les objets éparpillés, la fenêtre, le toit, les murs, par le fondu enchaîné qui mêle la nuit au jour. Tout redevenait vivant, tout s'agitait, et au centre de cette vie, un lien les unissait, comme un parfum d'éternité. Il ferma les yeux et épia, derrière le bruit assourdissant de leur baiser, le frottement presque inaudible de leurs corps, le bruissement des tissus, des peaux, des lèvres humides. Et même si tout cela allait s'achever, même si c'était dans l'ordre des choses, cette fin même serait le début d'une vie nouvelle.

Il suivit cette femme, comme il l'avait suivie jusque chez elle. Ses mains, ses regards, ses murmures. Des ridules entouraient sa bouche et ses yeux, sa peau était plus rugueuse au niveau de la poitrine, où le temps avait laissé ses traces. Le poids des ans tressait un filet, un enchevêtrement, il émanait de son corps comme une évidence. Il sentait ses muscles se détendre et relâcher leur emprise nerveuse. Il se laissait faire, laissait sa bouche marquer son cou, ses épaules, son torse de succions et de morsures, il ne luttait pas. Et lorsqu'elle fit tomber sur ses yeux ses longs cheveux rêches, il ne chercha pas à les écarter, il la prit tout entière. C'était ce qu'elle désirait et c'est ce qui arriva et dura des heures peut-être, jusqu'à ce que leurs corps s'unissent à la nuit, que le sommeil les prenne, qu'ils disparaissent au loin comme emportés par un ruisseau, absorbés par le coton déjà moite des draps.

Les feuilles recouvrent le sol humide autour de lui. Au-dessus de sa tête, un plafond clairsemé, couleur d'automne, filtre des rayons flamboyants. Des milliers de points lumineux dansent sur son corps. Il n'a pas mal, pas même à la hanche, où le sang a séché. Il est couché au creux d'un lit douillet ou dans l'eau chaude de la mer, flottant sur l'immense surface baignée de soleil. Il n'a pas peur de couler dans cette eau dorée, il ne craint pas de revenir à l'océan dont il est issu et dans lequel, fatalement, il retournera.

Le temps passe. Il reste là, longtemps ou pas, il ne saurait le dire. Sa retraite est si confortable qu'il n'ose la déranger. Il n'y a pas un bruit, pas même celui du vent qui fait tanguer les branches. Mais bientôt un son se détache, très léger, presque inaudible, un murmure égaré qui se rapproche. Le bruit se déplace, il semble venir vers lui, il est tout proche, presque à ses pieds. À la hauteur de sa poitrine, il reconnaît le bruissement de petites pattes qui trottent sur le tapis de feuilles et le poil soyeux, à la fois frais et chaud, de l'animal qui caresse sa joue avant de se sauver. En tournant la tête, il croise le regard de la souris, figée sur ses pattes arrière, à quelques centimètres de lui. Trop proche, il ne voit qu'une moustache tremblante et floue et deux petits yeux en tête d'épingle, l'espace de quelques secondes, de quelques dixièmes de seconde peut-être. La dernière image est celle de la queue qui se fond parmi les tiges et qui disparaît.

Il se tourne à nouveau vers le ciel. La lumière tombe sur lui, aussi forte qu'auparavant, et il ne se relève que lorsque la température du sol et de l'air a commencé à fraîchir. Il regarde la course des nuages. De longs voiles blancs, d'abord, puis des moutons bourgeonnants cachent peu à peu le soleil jusqu'à couvrir tout le ciel. Le froid est prégnant. Tout son être tremble. Il se redresse, balaye d'une main les feuilles mortes collées à ses vêtements puis se met lentement debout. Les branches au-dessus de lui forment un plafond bas, les feuilles sèches se détachent une à une et tombent quand sa tête les frôle, comme une lente pluie dorée. Le ciel est couvert de petits nuages gris agglutinés qui ne laissent plus passer les rayons du soleil. La chaleur de la fin d'été, qui l'enveloppait un instant plus tôt, s'est dispersée. Il entend, il sent les gouttes de pluie qui frappent le plafond de feuilles.

Il n'a aucune idée de l'heure qu'il peut être mais il sait qu'il doit à tout prix arriver à temps à l'école avec les gants qui se trouvent – il vérifie rapidement, une angoisse au creux de la poitrine – dans la poche de son manteau. C'est peut-être déjà la fin de l'après-midi et l'école va peut-être bientôt fermer. D'une façon ou d'une autre, il doit quitter cet endroit et n'a d'autre choix que celui de traverser la forêt. Il titube, trébuche sur les branches. Il avance rapidement d'abord, avec fougue, puis de plus en plus péniblement. Épuisé, il s'arrête pour regarder autour de lui les broussailles froides et humides. La végétation est de plus en plus dense, le chemin de moins en moins praticable. Les arbres surgissent de toutes parts en un entrelacs de feuillages jaunes et répétitifs et de branches hirsutes. Une couche épaisse de boue remonte sur le bord de ses semelles. Elle forme autour de ses pieds une lourde carapace, comme une deuxième peau brunâtre.

La pluie contre les feuilles émet un crépitement monotone, étouffant les autres bruits éventuels. Il se tourne pour essayer de voir à travers les broussailles et juste derrière lui – peut-être est-ce de là qu'il vient ? – il aperçoit un rempart, un mur du moins, parmi les branches et les feuilles. Si seulement il pouvait l'atteindre, quitter cette jungle effroyable. Ce mur doit bien s'arrêter quelque part, il faudrait le suivre jusqu'au bout. Il s'accroche aux branches pour se dégager et sortir de la boue, il gratte les mottes séchées contre les troncs et les racines. Le mur se détache, lourd et massif, à travers la végétation. Ses pierres carrées gris pâle sont séparées par un mortier couvert de mousse. Les broussailles s'arrêtent au pied du mur. Sous cette pluie battante, il a du mal à en distinguer la fin, d'un côté comme de l'autre, mais en essuyant les gouttes de ses cils, il lui semble que le mur dessine un virage, peut-être même un coude. Le temps presse. Sa poitrine se soulève. L'image de son fils jaillit devant lui, comme un portrait sculpté dans la pierre. Il longe à tâtons ce mur qui semble mener vers une nouvelle direction.

Il avance vite, régulièrement, parmi les broussailles. L'averse a redoublé d'intensité, c'est maintenant un vrai déluge qui arrache les feuilles et s'écrase dans la boue en un bruit sourd, sous les branches nues. Il longe toujours le mur. Rien ne peut l'arrêter. Sa main gauche rencontre une aspérité, une ouverture dans la paroi. Il en saisit le bord et s'y enfonce. Il a l'impression de ne peser que le poids de ses vêtements. La niche où il se trouve fait à peu près sa taille et quelques décimètres de profondeur. Encastrée dans le fond, il y a une porte en métal, sans poignée ni serrure. Pas de charnière, pas même une fente pour glisser les mains. Il s'adosse à la plaque froide pour se protéger de la pluie. L'eau ne l'atteint plus, il peut se détendre, se laisser aller contre la porte. Et c'est dans cette position, alors qu'il a enfin lâché prise, que la porte, à sa grande surprise, s'ouvre dans un grincement. Son dos glisse le long de la surface métallique et il tombe dans le vide.

Lorsqu'il rouvre les yeux, il est totalement désorienté, essoufflé, le cœur battant, toujours captif de cette impuissance, pénible et oppressante. Autour de lui, il fait noir mais le rayon de lumière entre la paroi et le toit brille encore, plus fort peut-être qu'auparavant, comme une bande blanche dans l'obscurité. Il se rappelle alors où il se trouve et se lève avec difficulté du vieux fauteuil. Il est moins somnolent, moins engourdi, mais son corps est raide d'avoir dormi dans une mauvaise position et la fraîcheur le fait frissonner. Sa blessure à la hanche est lancinante mais, en se dirigeant vers la porte, il constate qu'il peut tout de même marcher. Il ouvre la porte d'acier et un flot de lumière blanche se déverse dans le box, redonnant au bric-à-brac sinistre ses formes et ses couleurs.

Ébloui par la lumière soudaine, il se frotte les yeux du pouce et de l'index. La fatigue a dû le prendre. Depuis combien de temps ne s'est-il pas endormi aussi rapidement ? Jusqu'à la naissance de son fils, ça n'avait jamais été un problème, même en pleine journée. Mais dès les premiers jours – à l'époque des couches maladroitement changées et de la frayeur que l'enfant cesse soudain de respirer – il avait commencé à s'inquiéter. Les premières nuits, ils s'étaient relayés pour veiller sur lui. Depuis, il avait le sommeil léger et retrouvait difficilement son calme quand il était réveillé. Pendant son congé paternité, il n'arrivait pas non plus à dormir lorsque son fils faisait la sieste. Et bien que son corps, épuisé par les longues nuits de veille, lui ait parfois semblé irréel, comme appartenant à quelqu'un d'autre, réduit à une incarnation de la fatigue même, il n'avait jamais pu s'endormir auprès de ce petit corps au souffle tranquille.

Il s'était habitué à dormir peu, s'endormant tard et se levant à l'aurore avec son fils. Un peu vaseux, il préparait le petit déjeuner tandis que la mère dormait une heure de plus, et le week-end encore davantage. Ils avaient pourtant décidé de se relayer mais à quoi bon rester au lit s'il était déjà réveillé, épuisé à l'extrême, mais réveillé ? Rien n'avait changé après son déménagement, sinon qu'il buvait un peu de vin avant d'aller se coucher, souvent un verre de trop. Mais tous les jours il était debout à l'aube, lourd et vide, car même s'il réussissait à vaincre les insomnies, son sommeil relevait plus de la torpeur que du repos.

Un frisson lui parcourt le corps, un coup de couteau implacable remonte de son abdomen à sa nuque où ses poils se redressent. Il attrape son téléphone dans sa poche. D'après l'horloge sur l'écran, il est dans ce box depuis une bonne heure, sinon deux. Il ne se rappelle pas exactement à quelle heure il est arrivé, encore moins quand il s'est endormi, mais il est à présent cinq heures et il se rend compte qu'il a manqué la récréation, que les activités périscolaires ont commencé depuis longtemps, qu'elles seront terminées dans une heure et que son fils va se retrouver le dernier à partir. Le téléphone à la main, il récupère le maillot et les lunettes sur la chaise près des cartons et sort en claquant la porte.

À cet instant précis, il entend un bruit violent dans le couloir, comme un fracas théâtral mais plus net et plus fort : le choc de lourds objets qui tombent, un bruit de vaisselle ou de verre brisé. Il referme le cadenas et avance jusqu'à un box ouvert, deux portes plus loin. Un râle a succédé au vacarme, déchirant le silence. À l'intérieur, c'est le chaos et il ne comprend pas tout de suite ce qu'il s'est passé. Les meubles et les cartons se sont écroulés les uns sur les autres. Le bruit qu'il a entendu doit venir d'un énorme vaisselier en chêne qui s'est écrasé contre la paroi métallique et se retrouve coincé entre les deux murs, en biais. Objets et cartons sont en vrac. Le meuble a glissé le long du mur jusqu'à se coucher presque entièrement sur le sol. Deux pieds dépassent de l'interstice : il entend à nouveau le râle. Il y a quelqu'un coincé là-dessous. Il s'accroupit et se met à appeler, un peu plus fort que nécessaire :

« Ho hé !

– À l'aide ! répond une voix fluette qu'il associe aussitôt au type débraillé à qui il a donné un billet de cinquante couronnes devant l'ascenseur.

– Ne bougez pas, j'arrive. Surtout, ne bougez pas !

– D'accord, je bouge pas. Mais je crois que je me suis cassé le bras, je suis complètement coincé. »

La voix est calme et posée mais il comprend qu'il y a urgence, que l'homme a failli être écrasé par cet énorme meuble dix-neuvième, qu'il est blessé, peut-être grièvement, et qu'il faut agir vite. Il enjambe les restes d'un vase cassé et une grosse chaise renversée, dont l'assise est brisée en deux. Le box est plus grand que le sien et le mobilier, lourd, en bois foncé, semble provenir d'un manoir. Les meubles ont dû s'écraser de tout leur poids sur l'armoire et la faire tomber contre le mur de tôle, cabossé et salement égratigné.

Très vite, il comprend que l'opération est vouée à l'échec, qu'il ne parviendra pas à déplacer l'armoire, que la force de tout son corps ne suffira pas à la soulever. Il essaye de s'accroupir et de glisser ses doigts sous le bord tranchant du meuble pour faire levier, mais le bois lui lacère la main et la douleur se réveille dans sa hanche. Il se redresse et regarde les pieds qui dépassent de l'armoire : des chaussures en toile abîmées aux semelles presque déchirées, beaucoup trop légères pour la saison.

« Je ne peux pas le soulever tout seul, dit-il. Je dois chercher de l'aide.

– D'accord, mais si tu pouvais te bouger un peu. J'ai super mal au bras, je crois que je saigne.

– Oui, je me dépêche. Essayez de rester calme. Je vais prévenir l'accueil.

– T'inquiète, je vais rester *bien* tranquille, je risque pas d'aller loin ! »

Il sort du box et arpente à toutes jambes le couloir désert. Au bout de quelques mètres, il manque de se heurter à un immense gardien surgi de nulle part. Le gardien sursaute et lui saisit le bras, mais il se dégage aussitôt et recule instinctivement.

« Qu'est-ce que vous faites ? Il y a un homme coincé dans un box. Dépêchez-vous, ça a l'air grave, je crois qu'il est blessé !

– Ah oui ? répond-il sceptique. Où ça exactement ?

– Là-bas, je vais vous montrer. »

Il s'apprête à courir vers le box mais le gardien le foudroie du regard.

« Et vous ? Qu'est-ce que vous faites ici ? demande-t-il brusquement.

– J'ai un box, j'étais venu chercher ça – il montre les lunettes de natation et le maillot de bain auxquels le gardien jette un coup d'œil suspicieux – et au moment de partir, j'ai entendu un grand bruit juste à côté. Je suis allé voir : il y a un type coincé sous une armoire… »

Il brandit les lunettes et le maillot comme une offrande ou plutôt comme une preuve de sa bonne foi, et remet de sa main libre sa chemise dans son pantalon. Le gardien le dévisage de pied en cap.

« D'accord, je vais aller jeter un œil. Mais vous, vous venez avec moi. »

Il lui montre le chemin et s'attend presque à voir tomber sur son épaule une main lourde et funeste. Le box n'est qu'à quelques dizaines de mètres mais la présence de ce gardien dans ce long couloir gris lui donne l'impression d'être en prison ou en garde à vue, qu'on le mène devant un inspecteur ou un juge.

« On a eu pas mal de cambriolages, dit le gardien à qui il n'avait rien demandé, pour justifier ses soupçons. Les types profitent de clients qui prennent l'ascenseur pour monter avec eux. »

Il acquiesce en silence, la gorge trop sèche pour produire le moindre son. Il voudrait rappeler à ce gardien qu'il est quand même client ici, qu'il paye une fortune tous les mois pour un box de misère dans lequel il entrepose les restes d'une vie en lambeaux dont il essaye de rassembler les morceaux et qu'il doit aller chercher son fils à l'école maintenant, que c'est urgent, que c'est une question de confiance, qu'il doit rétablir la confiance entre son fils et lui car quelque chose d'irréparable, d'impardonnable a eu lieu, quelque chose qu'il ne peut pas expliquer, la colère de toute une vie qui a soudain pris possession de sa main et l'a projetée sur la bouche de son fils, que c'est arrivé et qu'on ne peut pas défaire ce qui a été fait mais qu'à cause de cela, il ne peut plus vivre avec son fils ni avec la mère de son fils et que sa vie, depuis, semble aspirée par un trou noir, plongée dans les abysses d'une mer étale et sans horizon et que c'est là qu'il se trouve à présent et il ne demande pas mieux que de se débarrasser de ce box le plus tôt possible, qu'il hait cet endroit et n'a d'ailleurs pas de temps à perdre avec toutes ces histoires parce qu'il se passe des choses plus importantes dans sa vie et l'idée même qu'on puisse le soupçonner d'être un cambrioleur est abjecte car c'est bien cela qu'il insinue, n'est-ce pas ? qu'il s'est introduit par effraction lui aussi, comme l'autre, sous son armoire, alors que c'est faux, rien n'est plus faux, d'accord il n'a pas tout réussi, il le reconnaît, il a même franchement échoué, presque de bout en bout, d'accord il est coupable vis-à-vis de son fils mais aussi de la mère de son fils et, partant, vis-à-vis de lui-même et de la vie en général, d'accord il est un criminel, mais coupable d'un crime bien plus grand, bien plus grave, certainement pas un *petit voyou*, et il doit se tirer d'ici dès qu'ils en auront fini avec l'autre, le *vrai* voleur, il devra partir, et tant pis si son histoire est un peu bizarre, tant pis s'il a l'air suspect avec son allure débraillée et son manteau sale, avec son pantalon couvert de sang, d'accord il a un peu plongé pendant l'été mais pas aussi bas, il est *client* de ce garde-meuble sinistre et il ne veut plus rien avoir à faire avec cet établissement, il veut résilier son contrat au plus vite et être à nouveau libre, libre de commencer quelque chose de différent, libre de laisser le passé derrière lui pour retrouver la confiance de son fils car même s'il lui a fait du mal, même s'il a commis le pire des actes, il l'aime d'un amour pur, réel, qui existe et doit continuer d'exister car autrement tout serait vraiment fini, la question serait close et c'est pour ça qu'il doit courir à l'école dès qu'ils auront sauvé ce pauvre cambrioleur, partir à tout prix, voilà ce qu'il voudrait crier à ce gardien au moment où ils se retrouvent face à la porte ouverte du box, à quelques mètres du recoin lugubre où il a perdu un après-midi précieux, mais aucun mot ne sort de sa bouche.

Son cœur bat de plus en plus fort, il a du mal à respirer. Il doit forcer chaque inspiration. Une fois de plus, il a l'impression que son sang est aspiré. Un abîme s'est ouvert quand il a réalisé qu'il allait manquer de temps et que tout ceci pouvait le mener n'importe où. Pour le moment, ça le mène dans une très mauvaise direction, se dit-il, et il n'aura bientôt plus d'échappatoire, c'est une situation insoluble : toutes les pensées qui doivent habiter le condamné dans le couloir anonyme de la mort, un couloir comme celui qu'il vient de traverser.

Le gardien contemple le carnage. Il n'a pas l'air surpris, il se concentre pour faire le point sur la situation. Une petite voix étouffée sort de sous l'armoire.

« Ho ! Il y a quelqu'un… ? »

Il montre au gardien les deux pieds qui dépassent du meuble. L'autre fait un signe d'assentiment et s'approche sans rien dire.

« Vous, là-dessous ! appelle-t-il d'une voix exagérément forte et autoritaire.

– Oui ?

– On va soulever l'armoire, mais de votre côté vous ne devez surtout pas bouger. Pas de mouvement brusque, c'est compris ? »

Un court silence s'ensuit, comme si l'homme sous l'armoire était en train de peser le pour et le contre ou simplement d'essayer de comprendre ce qu'on lui disait. Le gardien, immobile, regarde les deux pieds qui dépassent.

« C'est compris. De toute façon, je crois que j'ai plus de bras. »

Le gardien secoue la tête en murmurant quelque chose, peut-être le mot *bon*, mais il semble surtout s'adresser à lui-même. Son énorme cage thoracique se soulève, de plus en plus vite, soit qu'il se prépare à relever cette énorme masse soit que l'adrénaline monte en lui pour d'autres raisons. Il donne un rapide coup de tête en avant.

« Allez, on y va. »

Le gardien lui demande de se placer là où il était quand il a essayé de dégager le meuble et passe lui-même de l'autre côté en escaladant les pieds de l'armoire, enjambant les débris qui jonchent le sol sous la porte ouverte. Ils se retrouvent alors face à face, de part et d'autre de l'armoire, accroupis, tenant les bords du meuble. Au signal du gardien, il rassemble toutes les forces dont il est capable – faisant fi de sa douleur dans la hanche – pour soulever le meuble, lentement, à hauteur de poitrine. Puis, de manière inexplicable, il parvient à glisser son épaule et à hisser l'armoire de tout son corps. Le gardien, de l'autre côté, fait de même. Ils n'ont pas besoin de se regarder ou de se parler pour savoir qu'ils doivent coordonner leurs gestes, comme s'ils n'étaient qu'un seul corps divisé en deux, beaucoup plus fort et beaucoup plus grand que lui. Ils parviennent à faire bouger l'armoire et, après un ultime effort, à la mettre sur pied.

Il lève les yeux vers le gardien au visage cramoisi. Ce dernier se frotte les mains en regardant l'homme d'un air entendu, comme s'il avait toujours su ce qu'il allait trouver sous l'armoire.

« Salut ! dit l'homme étendu par terre. Pas mécontent de vous voir », ajoute-t-il en dévoilant une dentition en mauvais état.

Le gardien s'accroupit près de sa tête, les mains croisées, les coudes sur les cuisses. Ses jambes sont puissantes comme des troncs d'arbre.

« Je peux savoir ce que vous foutez ici ?

– Eh ben, l'armoire est tombée au moment où… comment dire… où je venais chercher quelque chose, quoi. Putain, je peux plus bouger le bras, il était complètement coincé, je crois qu'il est paralysé ou un truc dans le genre. »

Le gardien examine le bras droit de l'homme, déplié et immobile. Il regarde autour de lui, la porte d'abord, puis une pince coupe-boulon sur le sol.

« Et vous aviez oublié votre clé ?

– Oui, exactement. Non mais, en fait, c'est pas mon box, c'est celui d'un copain. Mais il m'a demandé d'aller lui chercher quelque chose.

– Il vous a donné une bien grosse clé votre copain.

– Oui, enfin, il avait perdu la sienne, donc il m'a prêté une pince à la place. Un passe-partout, comme on dit. »

Il n'y tient plus, tout son corps le démange, il lui semble qu'un gouffre s'ouvre dans son ventre. Même si le moment est mal choisi, il doit s'immiscer dans la conversation.

« Je peux y aller maintenant ?

– Non, vous restez, dit le gardien brusquement, avant de lever les yeux sur lui.

– Mais je n'ai rien à voir avec tout ça… !

– Vous restez jusqu'à ce qu'on ait réglé cette affaire.

– Bah, laissez-le partir, il est cool, intervient l'autre en relevant la tête de quelques centimètres.

– Ne vous mêlez pas de ça, vous !

– D'accord, d'accord, du calme, pas besoin de gueuler. »

Il comprend qu'il ne sert à rien de négocier mais se dit qu'il a un léger avantage. Le gardien est en train d'examiner le bras de l'homme en le soulevant délicatement, ce qui fait crier le blessé. Il profite de ce moment pour tourner les talons et se faufiler dans le couloir le plus silencieusement possible. Tandis que le gardien essaye de calmer les cris, il remonte rapidement vers la sortie. Avant même d'être arrivé à l'endroit où il s'est heurté au gardien, il entend la voix sévère qui lui crie de revenir mais il ne se retourne pas, il laisse crier. Pas question de se retrouver impliqué dans cette affaire : ce ne serait pas seulement injuste, ce serait absurde, la goutte d'eau qui fait déborder le vase. Cette expression vieillotte lui revient en mémoire tandis qu'il court vers l'ascenseur. Les pas lourds, derrière lui, semblent se rapprocher, *la goutte d'eau qui fait déborder le vase*, les mots résonnent comme un mantra. Ce n'est pas vrai, il a tout fait déborder lui-même, mais ce vieux dicton lui donne de la force, il ne va pas se laisser arrêter par une goutte d'eau, pas maintenant. À présent, il avance le long d'une ligne étroite, presque invisible, mais qui s'élargit pour se métamorphoser en sentier, en route, qui l'emmène loin de son passé et le met face à l'avenir. Et ce n'est pas une gouttelette insignifiante ni un caillou sur son chemin qui viendront compromettre une chose si importante.

Au bout du couloir, l'un des deux ascenseurs est vide. Il s'y précipite, appuie sur le bouton, cogne jusqu'à ce que les portes, grinçantes et lentes, se décident à se fermer. Le délai lui paraît ridiculement long. Les pas de l'homme se rapprochent, leur bruit résonne et gronde entre les portes d'acier qui se ferment avec une indolence désespérante et lorsque le visage furieux du gardien apparaît à l'angle du couloir, blême, irréel, les dents saillantes, les portes de métal viennent à peine de se fermer pour laisser place au silence. Son sang, à fleur de peau, reflue vers l'intérieur de son corps, vers son centre. L'ascenseur descend d'une traite au rez-de-chaussée.

Il tombe une légère bruine et l'obscurité s'est épaissie. Seule une mince bande grise brille encore sur les toits de la rue Sankt Erik, où défile dans chaque sens un cortège infini de voitures. Les automobilistes solitaires aux visages fatigués rentrent chez eux en glissant sur l'asphalte mouillé et font scintiller la rue de milliers de points rouges et blancs. Il les remarque à peine. Il claque la porte d'acier de l'immeuble et se précipite vers le passage piéton. La pluie sur les feuilles mortes rend le sol glissant et il manque plusieurs fois de perdre l'équilibre en quittant le bâtiment menaçant. Le sang bat dans ses oreilles, il ne saurait entendre si quelqu'un le suit et ne regarde pas non plus par-dessus son épaule. Il n'a pas le temps d'hésiter, pas le temps pour autre chose que cette fuite en avant, une fuite beaucoup plus résolue que ne pourraient le croire les passants ou les automobilistes à l'arrêt. Mais ces derniers sont rivés à la lumière bleue de leurs téléphones, visages blêmes et vacillants.

Personne ne le voit traverser entre deux voitures, pas même les piétons qui se pressent à travers la pluie en fixant leurs pieds, ni les passagers du bus pour l'aéroport, pris eux aussi dans les embouteillages. Ils se dirigent sans doute vers des destinations exotiques ou en reviennent, regardant avec mélancolie par la vitre teintée du bus ou, comme les automobilistes, la petite fenêtre qui scintille entre leurs mains. Personne ne remarque qu'il court vers le prochain carrefour.

Il tourne à droite et longe la rue Västeråsgatan, toujours au même rythme, conscient à présent qu'il ne peut pas avoir été suivi, que le gardien, beaucoup plus grand et beaucoup mieux entraîné que lui, l'aurait rattrapé depuis longtemps. Conscient aussi de la douleur dans sa hanche qui, pour la première fois, engourdit toute sa jambe. Il y a moins de passants ici, et presque plus de voitures. L'obscurité est plus profonde, plus dense, il a l'impression d'être sous terre, dans le chantier du métro ou le sous-sol de Pristina, là où une lueur était tombée sur un petit garçon, où un enfant lui avait lancé un regard auquel il n'avait pas répondu, ou plutôt qu'il avait refusé de prendre pour lui car il ne pouvait croire à la situation, où son cœur avait cogné comme il cogne aujourd'hui dans cette course contre la montre, cette urgence à tout remettre en ordre, à replacer d'un coup les choses sur la bonne voie. Machinalement, il ralentit le pas, à cause de sa jambe mais aussi du calme ambiant. Il traverse le square et s'engouffre dans l'escalier qui conduit, entre les deux immeubles, à la place des Trois-Lys.

À mi-chemin, il trébuche et se raccroche à la rampe. Il se redresse et s'appuie au garde-corps. Ses poumons sont sur le point d'exploser, la douleur dans sa hanche irradie jusqu'au bassin qui lui semble lézardé de fissures.

Il a couru et transpiré et, dans l'air frais du soir, cette mince couche de sueur le fait frissonner. Il est presque arrivé à l'école. Plus qu'un ou deux pâtés de maisons. Cette fois, il ne doit plus perdre de vue sa cible. Il ne doit plus s'arrêter, plus trébucher. Il descend avec prudence les quelques marches. Il respire mieux déjà, il a moins mal. Ne pas courir, ne pas forcer sur sa jambe.

Des immeubles des années 1920 bordent le côté est du parc. Il frôle les murs du club de football où il est allé souvent chercher son fils, qui en sortait toujours en nage, comme lui maintenant.

Il tourne à l'angle de la prochaine rue. La silhouette sombre de l'école se détache au loin et lui semble de plus en plus monumentale à mesure qu'il approche. La grille en fer pointue, la lourde façade en brique aux fenêtres cintrées, pour la plupart déjà éteintes, ont quelque chose d'indomptable. Ce bâtiment qui lui semblait si sûr le matin même, comme un refuge contre les dangers du monde extérieur, lui fait désormais l'effet inverse, comme si lui-même, minable et boiteux, pouvait menacer cette forteresse, donner l'assaut, l'assiéger.

Il traverse la rue déserte et longe la façade en brique. La bruine fait scintiller les grilles à la lumière des réverbères. Il tourne sur l'avenue Vanadisvägen, jusqu'au portail, qu'il ouvre en appuyant sur la lourde poignée, et traverse la cour bétonnée, elle aussi jonchée de feuilles qui luisent à la lumière des spots sous la corniche du toit. Il lève les yeux vers le haut de la façade et vers l'horloge au-dessus de la fenêtre de l'auditorium. Cinq heures et demie. Il monte en courant les marches du perron de l'aile gauche, jusqu'à la grande porte en bois vert, qui s'ouvre avec une facilité inattendue et se referme derrière lui dans un bruit sourd, alors qu'il a déjà traversé le hall. Son cœur bat à tout rompre et ces battements le poussent vers le grand escalier, éclairé comme un tunnel en pente qui traverserait le bâtiment.

L'escalier est en calcaire gris foncé, presque noir, le centre des marches est usé par les petits pieds qui les gravissent tous les jours et ont lentement poli et creusé ces pierres plus que centenaires. Mais elles tiennent bon, l'usure est lente et il ne sera pas nécessaire de restaurer l'escalier avant longtemps, peut-être même jamais. C'est dans ces marches que sont incrustés les fossiles oblongs et pointus que le garçon a remarqués dès son premier jour d'école et dont il a cherché par curiosité le nom et l'origine dans un livre emprunté à la bibliothèque.

Arrivé au premier étage, il pousse d'un grand coup la porte du vestiaire et traverse la pièce à grandes enjambées en direction de la salle de classe. Un miroir est accroché au-dessus des lavabos pour enfants. Il ne s'attendait pas à cela : il a sa tête de tous les jours, un peu plus fatigué et hagard peut-être, les yeux cernés et les cheveux en bataille. Son manteau et son pantalon ne sont pas trempés, tout juste couverts d'une légère pellicule d'humidité, et sur son pantalon foncé on distingue à peine les taches de sang. De l'extérieur, on ne peut pas imaginer d'où il vient ni la longue journée qu'il vient de passer. Sa plaie encore vive le démange mais ne lui fait pas mal. La croûte sous le bandage semble avoir résisté à sa course vers l'école. Il secoue la tête et se remet en marche jusqu'à la porte entrebâillée de la salle de classe, par laquelle il jette un coup d'œil.

À l'intérieur, il entend deux personnes discuter, un adulte et un enfant. Il ne reconnaît pas la voix de l'adulte, mais l'enfant est son fils, il en est certain. Sa voix inquiète ne cesse de poser des questions auxquelles l'adulte répond d'un ton calme et rassurant. La main sur la poignée, il ferme fort les paupières et se masse le coin de l'œil. Puis il ouvre la porte.

« Ah, mais le voilà ! clame l'adulte, au moment où il entre dans la salle. Je t'avais dit que ton papa allait venir. »

Le garçon est assis à un bureau de bois clair, face à un jeune homme – sans doute un animateur – qu'il voit pour la première fois. L'enfant se tourne vers lui, le visage sérieux, les sourcils froncés, les lèvres serrées, les yeux mi-clos, prêt à pleurer. Il franchit les quelques mètres qui le séparent de son fils et s'accroupit près de lui. Le garçon quitte sa position figée, descend de sa chaise pour se jeter sur lui de tout son poids et se pendre à son cou. Il se presse contre lui, si fort qu'il manque de tomber en arrière.

L'enfant l'encercle de ses bras et de ses jambes et se met à pleurer. Il éclate en sanglots, le visage enfoui sous son menton. Il sent les pleurs couler le long de son cou, il voudrait murmurer des mots réconfortants mais pose seulement sa joue sur la tête de l'enfant et respire l'odeur de ses cheveux en répétant *je suis là, je suis là*, tandis que l'animateur qu'il ne connaît pas, dont il ne sait même pas le nom, fixe la surface du bureau, gêné, immobile, pétrifié, pareil à l'enfant tout à l'heure, les mains jointes sur le meuble, comme en prière. Il se demande s'il doit rester ou partir, s'il lui faut vraiment assister à cette scène.

L'enfant se reprend. Il pleure moins à présent, passe des sanglots aux reniflements. Ses bras frêles le lâchent enfin mais lui le tient toujours dans ses bras. Le garçon recule pour le regarder dans les yeux.

« Tu avais dit que tu viendrais me chercher tôt et il est six heures ! Je suis jamais resté aussi tard à l'école ! »

L'animateur montre l'horloge pour rectifier :

« Attention, il est seulement cinq heures et demie. Regarde, la grande aiguille est sur le six mais pas la petite aiguille. Cela veut dire qu'il est seulement cinq heures et demie, c'est bizarre mais c'est comme ça. »

Sceptique, l'enfant observe les deux aiguilles avant de reprendre son réquisitoire :

« D'accord, cinq heures et demie, mais je suis *jamais* resté aussi tard à l'école !

– J'ai eu un empêchement », bredouille-t-il, sans convaincre l'enfant.

L'animateur le considère gravement, du haut de ses vingt-cinq ans, trente peut-être. Pontifiant, il lui explique ce qu'il ne sait déjà que trop bien :

« Vous êtes prié de téléphoner quand vous êtes en retard. Ce sont des choses qui arrivent, il peut y avoir des embouteillages, nous pouvons comprendre. Mais si vous arrivez avec une heure et demie de retard, alors c'est nous qui sommes inquiets. Comme vous ne répondiez pas, nous avons dû appeler la maman. »

Un verrou se ferme à l'intérieur de lui. Il lâche son fils, qui s'associe aux mots de l'animateur et s'empresse de compléter ce qu'il vient de dire :

« Ouais, et elle était *su-per inquiète* ! »

L'animateur confirme, l'air soucieux.

« Je vous conseille de la rappeler dès que vous aurez un moment, dit-il en accompagnant ses paroles d'un mouvement de tête, pour montrer combien la situation est sérieuse. Elle nous a dit qu'elle n'était pas à Stockholm et qu'elle ne pouvait pas venir. Une chance que vous soyez arrivé, nous étions sur le point d'appeler la tante. »

Il sent le verrou se rouvrir, pas mécontent d'avoir échappé à l'imbroglio d'une rencontre avec sa belle-sœur, une pédiatre pour qui les enfants, et en particulier son neveu, n'ont aucun secret. Il expire un grand coup et ose même un sourire à l'animateur.

« Heureusement que je suis arrivé à temps, alors. Ma journée a été une suite d'imprévus, ajoute-t-il en regardant le garçon interrogatif.

– Ça veut dire quoi *imprévus* ? »

Il partage avec l'animateur un sourire complice.

« Des choses auxquelles je ne m'attendais pas, qui ne devaient pas arriver. »

Il sourit, un peu embarrassé, et se tourne vers l'animateur qui regarde à son tour l'horloge.

« Je vous conseille malgré tout de téléphoner à la maman au plus vite. Elle était vraiment inquiète.

– Je vais m'en occuper. »

Il n'a aucune idée de ce qu'il va pouvoir lui raconter. Tout ce qu'il peut faire, c'est lui envoyer un SMS un peu plus tard. Elle a dû saturer son téléphone de messages pressants et d'appels en absence. Il préfère attendre que le calme soit revenu. Sans doute sa confiance en sera-t-elle altérée mais, pour l'instant, ça ne le préoccupe pas, et cette insouciance le rend léger. Ses lèvres laissent s'échapper un soupir contenu.

Sa jambe s'est engourdie à force d'être accroupi avec le poids de l'enfant sur la cuisse. La douleur est lancinante, même si son corps n'est plus aussi épuisé, et il se sent vaciller en se relevant. Ni son fils ni l'animateur n'ont remarqué qu'il a failli perdre l'équilibre. Ni l'un ni l'autre ne soupçonne le demi-tour que la pièce a fait devant ses yeux, l'ombre sinistre qui a balayé les murs de la classe, les dessins d'enfants, les chiffres et les lettres de toutes les couleurs. Elle est plus profonde qu'une ombre ordinaire, elle s'abat sur l'enfant et sur l'animateur, et l'espace d'un dixième de seconde sa noirceur efface les formes et recouvre la pièce. La lumière semble aspirée par l'obscurité la plus compacte qu'il ait jamais vue, comme de l'encre ou du jais, poli comme un porphyre aux bords brillants. Les lampes jettent de faibles rayons qui se reflètent sur cette masse noire et étourdissante au-dessus de la salle, il est emporté par une force centrifuge, comme un corps céleste chassé de son orbite par un autre, plus grand, un géant invisible qui engloutirait les plus petits dans sa course folle vers l'infini. Mais l'ombre noire ne laisse pas de trace et il ne perd pas l'équilibre. Rien n'est effacé, rien ne disparaît. L'ombre impénétrable est simplement passée, aussi vite qu'elle était apparue, rapide comme un vautour.

La main de l'enfant a saisi la sienne. Un peu ankylosé, il adresse un signe de tête à l'animateur mais n'a pas la force de dire quoi que ce soit. Il retourne au vestiaire avec l'enfant qui, méthodiquement, enfile sa polaire et sa veste, prend son bonnet et sort dans le couloir où se trouve l'étagère à chaussures. Le long du mur, les quatre ou cinq rayons sont presque entièrement vides, à l'exception de quelques bottes éparpillées ici et là sur des étagères métalliques pleines de terre et des chaussures du garçon, sur la deuxième étagère en partant du haut. L'image n'est pas triste, au contraire, elle le remplit de chaleur. La vue de cette petite paire de baskets solitaires et de son fils qui va les chercher lui donne de l'aplomb, le tire vers le haut. Une eau froide et limpide rince son regard pour en nettoyer les scories.

L'enfant prend ses chaussures et va s'asseoir sur un banc. Il se bat contre ses scratches mais ne demande pas d'aide, il ne dit rien, il enfile ses baskets et reste assis sur le banc à côté de lui. Un sentiment de légèreté le transporte, comme s'il s'était enfin détaché de son propre corps. Quelque chose s'échappe de derrière sa nuque, se dresse devant lui et les observe, lui et l'enfant, d'en haut. Il voit son propre corps adossé à une surface tiède et agréable, la tête posée contre le cadre de la fenêtre. Le soir d'automne est tombé, la bruine s'est transformée en une pluie plus forte qui bat contre la vitre. Ses propres yeux, dans le reflet, ne sont plus aussi ternes et vides mais forment deux petits bassins, remplis à ras bord d'une couleur intense qu'il ne reconnaît pas, mais qui doit pourtant être la sienne. L'enfant a de beaux cheveux. Il a la tête rentrée dans les épaules, les mains enfoncées dans son anorak, il se tourne vers lui.

Il y a quelque chose d'interrogatif dans sa position, de retenu, d'angoissé presque. L'espace de quelques secondes, leurs deux silhouettes restent ainsi figées : lui, assis contre le dossier et le garçon, tourné vers lui.

La scène est sculpturale, comme un tableau en trois dimensions aux traits ultraréalistes. Leur corps et leur chair font partie d'un ensemble, une immense toile qui englobe le couloir, le vestiaire, toutes les pierres et toutes les briques, le crépi et le verre, traversé par la vie et par les temps, comme ces fossiles à jamais incrustés dans la roche, traces fantomatiques de la matière. L'école appartient à un grand réseau, déployé comme un éventail sur la ville, elle constitue un univers propre, rattaché aux autres individus, proches et lointains : son fils et les quelque mille autres élèves font de l'école un tout, lui-même relié au reste du monde.

Le garçon penche la tête sur le côté. Ses mouvements sont naturels, ni trop lents ni trop rapides. Il pose sa tête sur son épaule et ce geste délicat propage une onde de chaleur en lui et tout autour. Le feu se répand puis revient en un seul et même mouvement, furtif comme l'ombre de cet oiseau qui vole entre les immeubles.

L'enfant paisiblement appuyé contre son épaule, il plonge la main dans la poche de son manteau, sort les gants du sac plastique et les pose sur les genoux du garçon qui les regarde en tripotant l'étiquette du prix.

« Je t'ai acheté des gants. J'ai pensé que noir, ça irait.

– Oui, oui. Noir, c'est bien.

– Tu pourras les prendre demain. On les laissera sur l'étagère pour ne pas les oublier. Tu n'as pas eu trop froid aujourd'hui ?

– Non, non, ça va. On était surtout à l'intérieur et à midi j'ai emprunté des gants à quelqu'un. »

L'enfant émet un bâillement et lui-même ne peut en étouffer un. Il se laisse envahir par cette bouffée d'air qui pénètre sa poitrine. Ses paupières se ferment, son corps se soulève et retombe en expirant, comme une douce vague.

« Allez, on y va », dit-il en rouvrant les yeux, mais ils restent l'un et l'autre assis.

La tête de l'enfant est posée sur son épaule. Il en sent toute la chaleur et toute la réalité.

pca
cmb
édition pré-presse
livres numériques

44400 Rezé

IMPRIM'VERT®

Achevé d'imprimer en mai 2023 par Corlet Imprimeur - 14110 Condé-en-Normandie
Dépôt légal : mai 2023 - N° d'imprimeur : 23030782 - Imprimé en France